山峰 著

都匀清欢

遇见美的风景想起你

中国大百科全书出版社

图书在版编目（CIP）数据

都匀清欢 / 山峰著 . -- 北京 : 中国大百科全书出版社，2021.6

ISBN 978-7-5202-0956-4

Ⅰ . ①都… Ⅱ . ①山… Ⅲ . ①长篇小说－中国－当代 Ⅳ . ① I247.5

中国版本图书馆 CIP 数据核字（2021）第 073493 号

出 版 人　刘国辉
策　　划　刘　嘉
责任编辑　陈　光
装帧设计　今亮后声 · 赵晓冉
责任印制　邹景峰
出版发行　中国大百科全书出版社
地　　址　北京市阜成门北大街 17 号
邮　　编　100037
网　　址　http://www.ecph.com.cn
印　　刷　北京汇瑞嘉合文化发展有限公司
开　　本　787 毫米 × 1092 毫米　1/32
印　　张　9.25
字　　数　150 千字
版　　次　2021 年 6 月第 1 版
印　　次　2021 年 8 月第 2 次印刷
定　　价　59.00 元

本书如有印装质量问题，请与出版社联系调换　　电话：010-88390677

谨以此书献给我的父亲

我的叔叔云久一生未婚，也没有自己的儿女。他百年归天后，留下一个笔记本，让我务必亲手交给一位名叫毛尖的姑娘。尊重逝者的遗言，我很快踏上前往贵州都匀的旅途。

笔记本用牛皮纸包裹密封。封壳上粘贴着一张方形白纸。白底黑字，手写小楷，隽永秀美：

贵州省黔南州都匀市阳合乡牧李村清欢寨毛尖姑娘

（收）

地址清清楚楚，明明白白。叔叔在生前为什么没有直接邮寄或是快递呢？火车疾驰，穿过一个又一个隧道。在忽明忽暗的光影间，握着这个笔记本，我百思不得其解。

上初中后，我就随父母离开福清前往新加坡，后来多数时间都在新加坡度过。福清这块土地上生长起来的人，有强大的冒险精神，在地球上任何一个地方都有可能遇见福清人。用我们当地人的话说，只要有阳光的地方就有福清人。福清人的生存能力极强，在异地他乡，也能够生活得像阳光一样灿烂。一个亲戚在都匀酒厂做销售，叔叔高中没有读完，就到都匀投奔亲戚。叔叔因为文笔不错，做过秘书和文案，后来，调酒师、销售总监，他也干过。他 50 岁那年回到福建，在一家杂志做编辑，直到退休。

“他这个人好酒贪杯，脾气古怪。一大把年纪了，也不去找一个人结婚成家，好好过日子。天天喝得醉醺醺的，一喝醉就发酒疯，常常哭得稀里哗啦。”

这是叔叔在我母亲眼中的印象，好像也成了我眼中的印象。可能是因为这个，我和叔叔虽然这么亲，但很多年过去，我们也没有见过几次面。

叔叔走得很突然。笔记本是他生前的一个朋友转交给我的。

“我这一生没有求别人帮我办过一件事，尤其是我的亲人。这是我唯一的一次请求，也是最后一次。你无论如何一定要交给他，我的那个从新加坡回来的侄儿。”

叔叔的朋友打开了手机录音，让我听了两遍。声音细若游丝。不过，吐字清清楚楚。

“你叔叔临走时，我一直陪在身边。我知道人在弥留之际，总有话说。我一直开着手机录音键。”

“除了这个，还有其他的吗？”

“没有了。真没有了。我和他认识的时间不长，对他的事情了解不多。人都走了，你能亲自去一趟就去一趟吧。实在去不了，快递也行。反正现在很方便。”

我们是在镜洋镇北池陈家湾休闲农庄见的面。那里环境优美，背山面水，古榕参天，湖水清澈，白鹭栖息，芭乐、树葡萄、木瓜、牛奶枣、福橘，果树连片。在商业氛围浓郁的福清，陈家湾算得上离城最近的世外桃源。我约在那里，是想和他坐下来，好好聊聊。但他说他很忙。我从他手里接过笔记本，还没有来得及装进包里，他就驱车匆忙离开了。

我没有兄弟姐妹，父母也早已不在人世。虽然一直以来我和叔叔不算亲近，但我作为他唯一的侄儿，他离开人世后，让我帮他完成一个心愿，我想无论如何一定要做到。更何况这耽搁不了我多少时间，不过是两三天就能搞定的事情。

来到都匀，已是傍晚。从都匀东站下车打的士进城，经过平桥，因为修路，我只能提前下车沿路由南至北步行。过一条街，走到尽头，是桥，形状如彩虹。桥头树木成荫，林子里立有一块大石头，石头上刻有红色大字：都匀斗篷山剑江国家级风景名胜区。桥下是剑江河，河面宽阔，河水碧蓝，清澈明亮。河两边是砖楼人家，河岸宽百米左右，有步道、座椅、公厕。根据地图，我预订的酒店沿河北行，也能抵达。河风吹荡，空气清新，于是，我舍桥沿河岸前行。

江平水静，日落黄昏，烟波满目，远山淡影。沿岸有竹子，叶子稠密，枝干低垂，一笼一笼，像撑开的雨伞。有人在散步，有人在发呆，有人在慢看，有人在小跑，有人在骑行，有人在遛狗，有人在钓鱼。过完竹林，树影婆娑，其叶似竹，其花似桃，是非竹非桃的“环保卫士”夹竹桃。虽是冬天，还有花开，红的瑰丽，白的高雅，宛如火上有雪，或雪上有火。叶子泛黄的竹林鸟声鸣啭，江上白鸽翔空。时光走到这里，不再狂奔疾驰，变得悠闲缓慢。

伸手撑开挡住去路的枝桠，只见又一座桥出现在眼前，桥是石墩桥，桥上车来人往。

从桥墩下过，河水变浅，水声震天。右边岸上，两户人家，灰瓦白墙，掩映在橘园里。楼屋门前，有空地一块，种有白菜、葱蒜等。走过人家，是拦河坝，水声震天，万马奔腾，浪花四溅。拦河坝左边是高楼大厦。一楼门面，卖有烟酒、水果、进口食品、日用百货。饭店林立，有酸汤猪脚、酸汤牛肉、酸汤角角鱼。都匀以食酸出名，有“三天不吃酸，走路打翩翩”之说。右边土山，山形陡峭，青藤、灌木、野花、杂草，自然原始。

拦河坝上，水平如镜，垂钓者众。来往者，本地中老年夫妇，说话有如唱歌，语气轻缓，尾音极长。往前走，遇见年轻情侣，男的帅气，女的漂亮，清一色的普通话，或牵手，或搭背勾肩。原来，前方是一所大学——黔南民族师范学院，贵州南部最大的一所本科院校。

所订酒店就在河边，从河岸进入酒店登记入住完毕，我才发现行李箱落在的士车上了。那个笔记本就放在行李箱里。我用的是现金付款，也不知道出租车车牌号。一时间如热锅上的蚂蚁，不知道如何是好。酒店前台知道我的情况后，很快帮我拨通了交通电台的热线。

“先生，您确定您是下午 5 点从都匀高铁到旗山大道的维也纳国际酒店？”主持人问我。

“不是，是到平桥。对，我记得师傅说那里是平桥，因为修路，我就提前下车。”

“好的，行李箱是什么颜色？”

“灰色。”

“深灰或是浅灰？”

“浅灰。”

“好的，我马上播报，希望能帮您找到。”

主持人挂了电话。她的声音让我突然想到了童话故事里的金色铃铛。

“她的声音真好听。”我对前台说。

“嗯。主持人叫枫香。我们都喜欢听她的节目。先生，您先回房休息，电台如果来电话，我通知您。”前台说。

“好的，谢谢。”我暗自庆幸自己把重要的证件放在随身的手提包里。但一想到那个笔记本，我就又心生悔恨起来，厌恶自己粗心大意。

一个晚上过去，没有任何消息。直到第二天中午，前台来电话说：

“电台来消息了，您的行李箱，出租车师傅已经送到电台了。您自己去取下。”

我走出酒店，天气已变，是雨天。我很快来到交通广播电台，拿到行李箱，谢过接待人员走进电梯。在电梯里遇到一女士，她笑着对我说：

“先生，祝贺您失而复得。”

“谢谢你。你应该就是帮我发布失物启事的主持人吧。”在这个城市，我没有一个熟人，但她的声音让我很快想起昨天通过电话的主持人来。

“对，我们昨天通过电话。”

“你的声音真好听，谢谢你了。”

她落落大方，短发，瓜子脸，淡妆，眼睛清澈明亮，一米六左右的个子，身材有形，凸凹明显，全身上下散发着成熟知性女人的美。

走出电梯，雨比之前更大了。

“你到哪？我送你吧，现在外面雨蛮大的。”她一边拿起手上的蓝色外套披到身上，一边对我说。

“这不太好吧。”

“没事，走吧。”

“你是第一次到都匀吧？”上车后，关上车门，她一边系安全带一边对我说。

“第一次。我一直生活在新加坡，这次到都匀是为了帮叔叔完成一个心愿。”

“难得来，那应该好好逛逛。都匀有高原桥城之称，有

100多座桥。知名的有因为电影《无名之辈》成为网红的西山大桥，形如彩虹的彩虹桥，当然最最值得看的要数百子桥，建于清朝，古朴典雅。新开发区，有一座秦汉影视城，是网红剧《陈情令》的主要取景地之一，也可以去逛逛。哦，对了，绿博园也可以去看看。”她启动车，热情地对我说。

“谢谢，这次来时间紧，可能走不了那么多地方。”

“不要紧，能走多少走多少，喜欢了，以后再来。”

车穿过一座桥，我看见雨滴打在河面上，泛起涟漪。有人打着伞，在江边钓鱼。

雨越下越大。她不得不换了跑得更快的雨刮挡。

“新加坡生活节奏很快吧？”车在红灯前停下，她转脸问我。

“太快了，不过习惯了。我和你应该算是同行，我在一家华人媒体公司工作，现在主要负责采编业务。”

“您是老师。我在电台只是兼职主持人，每周做一期读书直播节目，我的主要工作是经营书店。”

“你是书店创始人？”

“嗯，筹备好几年了，今年6月才开业的。”

“太羡慕你了，我从小有一个梦想，就是开一家书店。”

“那您到过的著名书店不少吧？“

“法国巴黎的莎士比亚书店、荷兰马斯特里赫特的天堂书店、葡萄牙的波尔图莱罗书店、希腊圣托里尼的亚特兰蒂斯书店、美国洛杉矶的最后一家书店、日本的茑屋书店我都去过，做得都很好，各有特色，各有千秋。”

“我只到过日本的茑屋书店。您的书店是打算开在新加坡吗？”

“嗯，因为现在工作上的事情太多，根本闲不下来。看这个样子，只能在退休之后去做了。”

“想做的事情，就尽快去做吧，人生等不起。”她语气坚定。

“你说得有道理。”

又一个红灯，车停了下来。她一边用帕子擦窗玻璃一边说道：

“都匀的冬天很少有这么大的雨，今年不知道怎么了，雨大得就像夏天。”

“是的，今天雨挺大的。麻烦你了，前面路口就是饭店，你把我放在那里就好。”

“您就一个人来吗？”

“一个人。”

“下午有安排吗？”

“没有什么安排。按照原计划，今早要去乡下。看这雨，只能明早去了。”

“一切都是最好的安排，急也不在这一时，相识是缘，请您到我的书店吃午饭吧，你见多识广，给我的书店提点建议。”

“好啊。”我想都没有想就答应了她，觉得和她聊天挺愉快的。

“我叫枫香，枫叶的枫，香味的香，怎么称呼您？”

“我叫云飞，云彩的云，飞翔的飞，很高兴能够认识你。”

“相逢是缘，很高兴在都匀遇见你。”

车继续前行，朝我不知道的地方驶去。

我以为她的书店在闹市区，没有想到是在绿博园里。

车进入绿博园，百城灿烂，一眼千年。广州园“小蛮腰”、陕西园大雁塔、湖北园黄鹤楼、北京园尽显皇家园林气派……各有千秋，美美与共。园区中心山体之巅，高 88 米的绿博塔俯瞰大地，与周边群山形成九星拱月，山下水清如镜，超过 1000 平方米的巨幅水幕电影《绿博九州·印记黔南》投射水面，美轮美奂。

经过江苏展园，车在湖边停了下来。湖水清澈明亮，虽是冬日，但山色青翠，倒影如画。跨过木桥，是石头小径。小径的尽头，一栋黔南民居掩映在花草林木中央，僻静优雅。

沿小径前行，溪水流淌，狗尾巴草、地星宿、黄色野花，不惧冬寒，从石缝里伸出头来。进入木楼，要经过一条石阶，马蹄石板铺就的石阶颜色灰黑。马蹄石上面有花纹，小的像杯盏，大的如碗口，如碎云，像马蹄，图案鲜活，仿佛人工雕琢。日月清贫，人爱干净。贵州多雨，路面泥泞，铺一条石阶，想必是把一路泥泞留在门外吧。

大门结实，门廊上雕着木斗，纹理精细。与门头等高的是左右两排木格花窗，木格细密，造型别致。中间有一块做成光碟形状的圆形木头，刻有几个小字：都匀清欢书店。

我暗自想，真是有缘，我要去的地方是清欢寨，却先见到了清欢书店。

走进屋子，房间布置考究，色彩相得益彰，前台做成一个自行车的造型，让人过目不忘。一个长相靓丽的姑娘从“自行车前座”走过来道：

“枫香姐，都在等你呢。”

“你帮我加一个凳子，来了一位新朋友。”

“好的。”

我跟着枫香走进靠东面的一间小屋。

“我给大家介绍下，这是来自新加坡的云飞先生，他见多识广，到过世界各地的最美书店，我们多向他学习。”才进屋，枫香就对她的同事说道。

或许是家教的缘故，我一如往常，向她的同事们鞠了一躬后，落座就餐。

饭后，枫香说："云飞老师，反正您下午不忙，走，我们看看书店，您给我提点意见。"

书店在二楼，下雨的缘故，几乎没有读者。书店藏书近万册，摆放在三个大房间内，分别以"红楼梦""瓦尔登湖"和"桃花源记"命名。"红楼梦"以小说为主，《尤利西斯》《暗店街》《雪国》等世界名著应有尽有。"瓦尔登湖"涵盖旅行、哲学等各类书籍，"桃花源记"则是佛学研究、《老子》《易经》《庄子》《传习录》等书籍。

"书都是自己挑选的？"我问她。

"差不多吧。也有一些是朋友推荐的。旧书可借，新书可阅、可售。慢阅读每月一次读书推荐，推荐的书名就写在门帘上。"她微笑道。

"《诗歌手册》，玛丽·奥利弗著。"我看到门帘上的字，字体苍劲有力，飘逸潇洒。

"我写的，见笑了。"她说道。

"好书法，我的字写得不好。"

一半诗书一半茶。书房旁是茶室。茶室干净整洁。最暗的角落，一尘不染。布置古朴素雅。字一幅，在墙上：松无古今色。字体清冷孤寂，意境深远。桌一张，在地上，圆形，纹路清晰，沧桑古老，岁月走过的痕迹，依稀可辨。桌上铺一茶席，茶器古老显旧，但干净无比。摆放匀称有序，罗列均衡。煮水壶一个，体胖身圆，有盛水木瓢一个，棱角分明。野花一枝，枝叶清瘦，花色纯白如玉。凳子四个，圆形，上面铺有草垫，松软舒适。目光所及之处，皆是禅味。

"您平时喜欢喝茶吗？"她笑着问我。

"我是福建人，离不开茶。铁观音、大红袍喝得多。"

"贵州最有名的茶，就产自我们都匀。"她说。

"地球上最古老的茶籽化石就在贵州。"我告诉她。

"啊？是吗？这个我真不晓得。"她很认真地问我。

"世界茶树源自中国，贵州是中国茶树的原生地之一，地球上最古老的茶籽化石就在贵州晴隆县。唐代茶圣卢羽在《茶经》中说贵州茶是'上等好茶'，'往往得之，其味极佳'。"我说。

"您对茶还挺有研究的。我只是晓得都匀地处贵州高原南面，日照时间长，有利于茶树生长，加上土质呈酸性和微碱性，内含大量铁质和磷酸盐等，使得茶叶内含有十分丰富的营养成分和芳香物质。自唐朝以来，就有'贵州出好茶，都匀出名茶’的说法。”她说。

“都匀这个城市挺有意思的，不仅有名茶而且还有名酒，在贵州也算是一个奇葩。在中国很多城市，有名酒没有名茶，有名茶没有名酒，但都匀人杰地灵，两样都有。匀酒是贵州老八大名酒之一，1915年，都匀茶和茅台酒被选送到巴拿马万国博览会参展，一同夺得金奖。所以贵州有‘南茶北酒’之说。”

“这些您都知道。您简直是贵州通。”

“哪里。了解些皮毛而已，但我与都匀还是挺有缘的，我叔叔很早以前就在匀酒厂上班。”

“是的，都匀是有一个酒厂，好老了。”

她一边说，一边带我进入“归隐田园”。

“归隐田园”算是一个民间技艺博物馆和体验馆。

进入体验馆，我被从房顶垂下来的两条巨型蓝色花布吸引。这是享誉中外的枫香染，被誉为“画在布上的青花瓷”，来自布依族姑娘的那双巧手。这项民间技艺，已有200多年的历史。能工巧匠先是采用老枫香树脂与牛油混合，经文火煎熬过滤成蜡，再把蜡溶解，用毛笔蘸蜡在白布上描绘图案，再用蓝靛浸染，后用沸水脱去油脂，最后经过清水漂洗、晾干、碾平而成。这面巨幅的枫香染，画面天空辽阔，大地如画，掩映在山水之间的木楼炊烟袅袅，古朴雅致，诗意唯美，让人流连忘返。一路前行，体验馆里还有石磨、绣片、银饰、木雕窗花、木刻桌椅、布依族扎染、古歌唱词等。有实物的实物展出，没有实物的，装裱图片，配上文字，让人了解。当然最吸引我的莫过于布依族枫香染的实际体验。

“为什么想到在书店里加入这些呢？”我问她。

“做‘归隐田园’，我是想让民艺回归日常，让民艺得到更好的传承和传播。当然，这里的体验项目不只有布依族枫香染体验，黔南的国家级非物质文化遗产牙舟陶、马尾绣也已列入。只是还在完善中。”她说。

“学习者不仅了解一门技艺，也有一份自己创作的枫香染作品作为纪念。这个做法很棒。”我向她竖起了大拇指。

看到桌子上摆放的牙舟陶，我感到很亲切，细细想来，原来是我小时候玩过的“马嘘嘘”十二生肖陶泥哨。我年幼时，福清老家用来装盐、糖、味精等调味品的陶罐原来就是牙舟陶。想必是叔叔当年从都匀带回去的。随手翻阅资料，只见上面写道：据《平塘县志》记载，牙舟陶始于明朝洪武年间，明王朝大量军队进入贵州作战，并在贵州实行军屯和民屯，将中原文化从江西带进牙舟，同时也开始了牙舟陶的生产。在600多年的发展中，把平塘布依族文化融入其中，形成了色调淡雅和谐，具有浓重的出土文物神韵的特点。

民间技艺，一屋书香，窗外一山烟雨，花满小径。让我突然想起明朝陆绍珩的《醉古堂剑扫》。

结庐松竹之间，闲云封户。徒倚青林之下，花瓣沾衣，芳草盈阶。茶烟几缕，春光满眼，黄鸟一声，此时可以诗，可以画。

书籍丰富，环境宁静古朴。这确实是一个读书的好地方，若是雨天，草木苍翠，雾气升腾，若入仙界；若是晴日，白云飘荡，空气鲜嫩，群山听香。

想来有些妒忌都匀人。斜阳外，碧云天，山清水秀，鸟语花香，有空来到绿博园都匀清欢书店，倚窗而立，取一本书翻阅，该是一件多么美好的事情。

来到露台，抬眼望去，近山如墨，远山淡影。露台上有盆景花草，盆景花草旁边放有木桌，木桌宽大，笔墨纸砚，一样不缺，有人刚刚写过字：

白云深处，人间烟火。

“您见多识广，给我提点建议呗？”坐下来，她对我说道。

“从书店的选址到里面的装修装饰，我觉得都算上乘。多数的中国古代文学和绘画作品，都围绕一个主题：走过一条弯弯曲曲的小路，到达山间的草堂，它隐在幽静中，只有流水声相伴……这便是远离人间的仙境。你选择把书店开在这里，要的应该就是这个意境吧？”

“这个倒是没有想过，只是觉得最美的地方，应该有一家最美书店。”

“这应该不是你的意思吧？”

“您怎么知道？”

“个人感觉这不像一个女生开的书店，更像是一个喜欢音乐和骑行的男人的梦想。”

“您眼光很毒，这都能看出来。”她眼睛睁得很大。

“走遍全球最美书店，并采访过书店创始人的人。这点眼光我还是有的。”我笑道。

“我算是服了您了。红茶有普希金、托尔斯泰、小仲马、大仲马、马尔克斯，绿茶有帕瓦罗蒂、多明戈、安娜.莫福、琼·萨瑟兰、维塔斯，咖啡有奥黛丽·赫本、艾玛·沃特森、莱昂纳多·迪卡普里奥和温斯莱特。想喝什么？”她站起来笑道。

“这个创意很好，来一杯帕瓦罗蒂吧。”我笑道。

她下楼很快给我端来了一杯都匀毛尖。

“我肠胃不好，要的是马尔克斯。”她笑道。

我们的谈话变得轻松起来。

“马尔克斯，我最喜欢他的《族长的秋天》，你呢？”

“我喜欢《百年孤独》。《族长的秋天》书店里也有，但我没有看过。”

“《族长的秋天》是马尔克斯比《百年孤独》更孤独的一部小说，不过很难读。”

“我那时读这本书，是因为和女友分手后，整个人生陷入困境。你不知道，我们都快要结婚了。”

“后来为什么没有在一起？”

“那年夏天，婚期前夕。她怀孕了，我每天和肚子里的宝宝说话，有时候给宝宝讲故事，有时候给孩子读诗。孩子不动，我就开玩笑说，你不动，我就用鞭子抽你啦。后来去产检，是宫外孕。她埋怨我，说是我要用鞭子抽小孩，把小孩吓跑到宫外了。一气之下，她不和我结婚了，我们就此分手。”

“我觉得你挺有趣的。两人在一起，靠的是缘分，可能你们没有那个缘分吧。”

“没有能走到最后，可能是我们的缘分真的走到尽头了吧。不过，现在想来，宫外孕不是我们分开的最主要的原因，最主要的原因是那段时间，我的事业一落千丈，公司面临倒闭，我即将弹尽粮绝，一无所有。”

“你们在一起感情这么稳定，应该不会啊。”

“感情的稳定是来自于我的稳定吧，当我不稳定了，感情也就动摇了，功利的社会，谁不是为了自己活着。有谁会为爱情不顾一切呢。哦，对了，方便给我讲讲你这个书店的故事吗？如果可以，我写下来，刊登在我们的报纸、微信公众号上。对书店也算是宣传嘛。”

她没有立即回答我，眼睛朝向远处，深深地呼了一口气道：

“你不愧是做媒体出身，不愧是走了那么多地方，都被你看出来了，这个书店算是我帮淼淼的爸爸晓风完成一个心愿吧，他已经不在人世了。”

她语气伤感。

“很抱歉，或许我不该提这个。”

她朝我摆摆手，抽了桌上的一张纸巾拭了拭眼角。

窗外雨已经停了，天空灰蒙蒙的，透着淡淡的忧伤。

她整了整衣领，端起杯子抿了一口茶轻声说道：

“我是都匀人，从小在都匀长大，妈妈是布依族，特别喜欢枫香染，就给我取名枫香。我高中毕业后，就到深圳上大学，后来就留在深圳媒体网络公司工作。上班后，除了过年和年假，我的时间几乎被工作占据。收入倒是不错。那年，我请年假开始了人生的第一次独自长途旅行。我从深圳出发，到过厦门、武夷山、香格里拉等地。长途旅行结束，回到都匀，打算陪父母小住一段时间后回深圳。都匀那时候刚好举办一个全国性的自行车骑行大赛，我报名参加，我和淼淼的爸爸晓风相遇就是在那次自行车骑行大赛上。我们一见如故，很聊得来，都觉得遇到了内心深处的那个自己。

“晓风是黑龙江漠河人，他喜欢唱歌，从大学毕业，就没有正经上过班，扛起吉他浪迹天涯。从北到南，从大城市到小乡村，都留下了他唱歌的足迹。他参加过东方卫视、北京卫视、浙江卫视多档音乐节目，在《中国好声音》《我是歌手》《实力唱将》都有露脸，而且成绩不俗。他会写歌，会作曲，会弹唱，算是全能艺人。他的歌自己唱了不红，别人唱了红遍半边天，那个叫张远的歌手，唱了那首《10 点 25 分的地下铁》，红了几个夏天，但他还是那个他，走在街头，鲜有人识，上了电视，名声不响。”

说到这里，她停了下来，端起茶杯喝了一口。一只鸟飞到窗前，叫了几声，又很快飞走了。只听她又说道：

“正如‘浪漫骑士’王小波所言：‘生活就是一个缓慢受槌的过程，人一天天老下去，奢望也一天天消失，最后变得像挨了槌的牛一样。’近 20 年的歌坛生涯，看过太多人的升起跌落，感受过人间的太多的热闹冷清，晓风最后决定离开自己熟悉的江湖，骑上自行车，背上吉他，穷游全世界，直到来到都匀遇到了我。

“自行车骑行比赛结束后，我们和几个赛友约好去螺蛳壳游玩，在后来拍摄《陈情令》的那座山头，我和晓风从上午一直聊到霞光满天。或许恋爱就是因为两人有了谈不完的话，在一起觉得内心不再孤单，在一起觉得有了依靠，不再害怕人生山穷水尽、天崩地裂。没有山盟海誓，两颗漂泊的心决定互相依靠。他说他能从寒冷偏僻的漠河走出来，是因为书，是因为阅读，给了他勇气一路前行，让他坚持做自己。他的梦想不再是做歌手，而是开一家书店。我说，遇见他就已完成了我的全部梦想。我全力以赴，拿出全部的力气和精力，拿出全部才华和积蓄，支持他。

“他执意要把书店开在都匀。我一开始挺反对的，我觉得都匀小，开书店也需要经营，要开至少是开在省城贵阳。他说他不知道为什么，特别喜欢都匀这个地方，从来没有哪个地方让他这样喜欢过，他觉得他的后半生就在这里度过。可能是爱屋及乌吧，我尊重他，我们就开始选址。南州国际新力城、天源 2013 的万达广场、小十字，看了很多地方，都不满意。那个时候绿博园还在修建呢，一天，我们去里面逛。他说，绿博园是举办绿博会的核心地，绿博会是中国绿化领域组织层次最高的综合性博览会。第一届是在南京，第二届是在郑州，第三届是在天津，第四届就在都匀这里。56个主题展园，将来一定会美不胜收，我们就把书店开在这里吧。在最美的地方，打造出一个最美书店来。”

说到这里，她站起身来披上外套，给我加了点水，坐下来又继续道：

“结婚、租房、设计、装修，待一切都有序进行，书店快弄好了，他却走了。一次意外，怎么都不可能让人想到的意外，人生无常啊。”

我不知道怎么安慰她，只是递给她一张纸巾。她接过纸巾，拭了拭眼角，问我：

“剑江，都匀的母亲河。你到江边走过吗？”

“我走过，昨天因为平桥修路，我下的士车，就沿江边走到酒店的，风景极好。”

“嗯，他超喜欢这条江。有时候，我觉得他有点自私，他留下遗言，没有让他哥哥把他的骨灰带回漠河，他让我把骨灰撒到剑江河。他就是想把他自己留在都匀，要看着我把这个书店做好，真正做成最美书店。可是，哪有那么容易？”

能奉持此
是則為
七
錢千萬億風動
而供養此塔華
然香油蘇
能持是經
若能持此
歲在甲午

人生转瞬间，

每一个生命都值得尊重，

每一次相遇都值得珍惜。

敬畏所有，

心静人安。

人生最好的时光，

莫过于偶遇一个懂你的人，

相谈甚欢，

来到一处心仪的地方，

小住时日。

我们生来就是为了久别重逢，

为了相见恨晚，

为了惺惺相惜，

为了念念不忘。

去若归来，行若止水。

除了童年的所在，

他乡无故乡，

除了此刻的所得，

无时不是空无。

我没有什么远大的志向。

穷尽一生，

不过是不想活成年少时

憎恶的那种人而已。

太阳在光芒万丈前，

经过的是没有

一丝光亮的暗夜。

在这个世界上，

总有一个人会对你心心念念，

沧海桑田，一如既往，

总有一件事，会让你无限着迷，

风云变幻，义无反顾。

如果你心中有爱，并坚信自己。

我们都是新的，

就像春天冒出来的新芽，

没有经过什么风雨，

全身上下都透着迷人的气息。

世界于我们也是新的，

就像剑江春水，

生机勃勃，前途一片光明。

什么叫惜时惜缘?

把每一天都看成人生最后的一天，

把每一夜看成地球最后的夜晚。

相遇重逢，皆是温柔，

遇见所有，都是欢喜。

在你的生命中，

有些人，就是一团雾，

来过了，再无影踪；

有些人，就是一瓶酒，

历久弥新。

人间一场，

过客一个，

来往不念，

方能自在。

不是路上没有风景，

是我们已经蒙住了眼睛，

不是沿途不美，

是我们的内心已经蒙尘。

自爱自律是成功者成功的杀手锏，

自暴自弃是失败者失败的导火索。

人生有如黄金芽。

时光再美，都会消逝，

无论多贵，终是沉寂。

在这个功利无处不在的世界，

做一个有情有义的人，

温暖别人，

也是温暖自己。

黎明已经来临，

只是你未睁开眼睛。

我并非是这个夜晚才想起你来，

你一直与我同在。

一切安好，

我爱之为我。

夜色还未褪去，

梦还在梦中。

人生没什么大不了，

看破了，

所有的路都是直的，

放下了，

所有的坎都过得去。

她一直在擦拭眼泪。

“你一定会做好的，他会在天上保佑你。”我安慰她。

“没有办法，我答应他，我只能往前走。做书店是赔本的买卖，尤其是在景区里的书店。生意不大好做，后来在朋友的建议下，我加了三间民宿。有了民宿的收入，现在好多了。可能是这里的环境太好，也可能是冥冥之中他保佑我，民宿开起来后，几乎每天都是满的。这三间民宿都是用他最喜欢的歌手、电影和歌曲的名字命的名：一间叫‘鲍勃·迪伦’，一间叫‘卡萨布兰卡’，一间叫‘远方的客人请你留下来’。

“《远方的客人留下来》这首歌的词作者范禹老师就一直生活在都匀呢。”我说道。

“对呢。范老是辽宁人，当年支援边疆下贵州，分配到黔南州歌舞团工作。你虽是第一次来都匀，但知道得很多啊。”

“我喜欢到哪里之前，先做功课，人文地理、历史名人都大概要先了解一下。”

“这点，你和晓风太像了。他也是这样，去哪之前都先做足功课。有一次我们要去攀登斗篷山。他上去之前就给大家说上面有天池什么的，说得绘声绘色，好像他之前到过一样，他其实和我们一样，也是第一次去。他说时大家都说他在吹牛，后来大家都被他征服了。对了，今天你来，是不是看不到一个读者？这里地理位置太偏了，就是这样，一到雨天，几乎没有人会来。”

“毕竟开业的时间不长，时间长了，人会越来越多的，即使在雨天。书店人气旺不旺，与地理位置倒是没有多大关系，‘全球十佳最美书店’南京先锋书店开在地下停下车场呢。我还记得人家给它的颁奖词是这样说的：‘这里本来是一个地下停车场兼防空洞，却被打造成中国最美书店。’”

“我去过，先锋书店那几个字差不多被防空洞上面的绿树、藤蔓掩盖，停车场的痕迹明显，斜坡直下，黄线依旧。门口罗丹雕像，像一个思想者。印象最深的是它的百米艺术长廊，背景墙上的十字架，梵高、毕加索等大师的画像，柱子上波德莱耳、马拉美等诗人的经典名句。还有就是店里的咖啡很香。”她一边帮我加水一边道。

“嗯，书店的咖啡确实好喝，尤其是卡布奇诺。我采访过书店的创始人钱小华，他想象中的书店就像天堂一样美丽。他不卖教辅，店面的书也从不打折，书店的每本书都由他自己亲自挑选，他把他的一生都奉献给书店，书店是他一生的事业。近 4000 平方米的书店，没有市面上流行的垃圾图书。他始终坚持如一，注重图书的格调与品位。在南京那座历史悠久的古都，从来都不缺具有文化底蕴的好去处。先锋书店从1996年开店，20余年间，默默发展成为南京一张文化名片，与那些有着千百年历史的古迹并驾齐驱，成为游客必去的景点之一。‘哪怕南京陷入黑暗，这里的灯也会为读者亮着。’或许正是钱小华一如既往的坚守，铸就了先锋的成功。我相信都匀清欢因为你的坚守和坚持，一定会成为全球最美书店。”

“太谢谢你了，这是晓风走后，我听到的最暖心的话，你的所言一定会激励我继续走下去。”

“你过奖了。对了，关于书店的经营，我有一个建议，既然这里是绿博园，我觉得可以开发一些有关绿博园的文创。来这里的人不一定买书，但好的文创产品却是一定是要带走的，尤其是一些可以送给朋友的伴手礼。”

她拿起手机记录起来。看她认真的样子，我不知道为什么，怜悯之心油然而生。

“要做成最美书店，首先要考虑到一些名人效应。可以不定期的在这里举行读书会，邀请一些作家参加，做他们的新书分享会。可以作一个计划……”

我越说越有劲，她像一个学生听课一般，全神贯注。要不是她的女儿走上来打断我们，不知道多久才会停下来。

“妈妈，老师的电话。”淼淼走上楼来，眨着大眼睛对她说。

她下去接电话上来道：

“实在不好意思，我都忘了下午我要带淼淼去早教。和你聊天，学到很多，希望你能多待些时间，我能继续向你学习。要不，你先在书店看看书，或是到绿博园逛逛，现在雨小了。”

“好的。你先忙。”

我已经决定明天再去清欢寨，就彻底放松下来，在书店翻一会书后，见枫香还没有上来，就给她微信留言，先回酒店休息。醒来的时候，已经华灯初上，枫香发来短信说晚上影视城有一个穿越活动，问我有没有兴趣参加，我没有细想就答应了她。

晚上，天晴了。枫香带着淼淼和保姆站在秦汉影视城门口，三人穿上汉服，我差点没认出来。枫香把汉服递给我，让我也穿上。我穿上汉服，淼淼睁大眼睛，大声说道：

“还是之前的叔叔好看。”

“是吗？淼淼更喜欢当代的叔叔，是不是？”

“是。”淼淼的大眼睛盯着我说道。

淼淼头上扎着小花辫。胖墩墩的她，走起路来屁股一扭一扭的，辫子时而甩向左边，时而甩向右边，实在太可爱了，我好喜欢她。我蹲下身子抱起她进入影视城。

进入影视城，到处都是和我们一样穿着汉服的人。枫香对我说道：

“有没有感觉穿越到了古代？”

“有，这个体验真奇妙。”

“这里面很大的，要逛完，差不多得一个多小时。”

我还没有回她话，只听淼淼叫道：

“小火车，小火车，妈妈，我要坐小火车。”

抬眼看去，远处真有一辆红色的小火车开过来。我对淼淼说：

“坐吧，叔叔请你坐。”

我们走上小火车。

时髦的小火车在古建筑里穿行，看着来来往往的汉服人群，我突然感觉这里正在上演古装戏。

枫香突然说道：

“淼淼喜欢坐车，你不知道，小时候她特别喜欢坐那种摇摇车，一天都要去坐好几次，现在喜欢坐火车、汽车、自行车、摩托车。”

“你要放心，我带她坐摩托车。”

“你会骑摩托车？”

“会呢，而且车技不错。”

她笑。

“你明天去乡下，是现去现回吗？”

“应该。”

“都联系好了吗？”

“有地址，地址很清楚的，我直接按照地址过去就行了。”

“那应该很快。”

从小火车上下来，淼淼往前跑，枫香去追淼淼，追上了，她对我说：

“云飞老师，来来，我们拍一张合影。”她一边说，一边把手机递给保姆。保姆笑眯眯的，像嘴里含着蜜。

拍好了，她很快发到了我的微信里，看到照片，我的内心升起一股暖流，仿佛这是一张全家福一般。

“如果让你选择活在中国过去的朝代，你愿意选择哪个？”她突然问我。

“宋朝。我觉得宋朝人最会生活。”

“我选唐朝，因为在唐朝做女人不用担心自己会长胖。”

我忍不住笑起来。

继续前行，穿越感更为强烈。拍摄过《斗破苍穹》《将夜》《庆余年》《陈情令》等热门影视剧的秦汉影视城占地近千亩，最大限度还原秦汉时期皇都风貌。皇城区内有未央宫、长乐宫、祭坛、皇家马厩等，外城区有三大王府、公主府、朱雀大街、东西市等。逛完皇城区，淼淼有些困了，我们只能往外走。从影视城出来，已经快9点了，她先把保姆和孩子送到住所，再开车送我回酒店。途中，她说时间还早，要带我去吃宵夜。

“不吃宵夜，不算到贵州。尝尝。”她热情洋溢。

我没有拒绝。

车进城后，在一个街口停了下来。整条街灯火辉煌，人头攒动，好不热闹。三都酸汤、瓮安酸大肠、都匀串串香、麻辣烫、铁板烧……各种贵州美食应有尽有。她选了一家店，点了一些东西，回到车上，对我说道：

“他们弄好，直接送到石板街，我先带你去百子桥逛逛。”

驱车来到路口，她把车停好，我们走上百子桥。

灯光昏暗，桥上没有行人，偶尔会有一辆车经过。河岸边树影在灯光下摇曳，河水静默如谜。

“你冷吗？”她问我。

“不冷。”走不远，她停下来，倚靠在栏杆上，她掏出一支烟递给我。

“我不抽烟。”

“抽一支吧。我也不抽的，只是有一次和晓风来这里听古歌，他说点上一只烟才有味。他的提议很好，我后来觉得，就这样倚靠在栏杆上，点燃一支烟，看水波灯影，耳畔是山歌，一下子觉得人生别有一番情趣。”

我点燃烟，抽一口，淡淡的。歌声轻轻划过，河水慢慢流走，时间仿佛停滞。透过烟圈看她，我心里突然升起我生由我的存在感。

“喂，你说我会不会在这座桥上看到一匹白马？”

“白马？不会吧。”我忍不住想笑。

“应该会的，我不记得了，在哪本书上看过，说的是凡是经过都柏林某座桥的人，都会在那座桥上看到一匹白马。”

“那是詹姆斯·乔伊斯写的小说，小说的名，我也忘了。”

“詹姆斯·乔伊斯是谁？”

“《尤利西斯》的作者。”

“想起来了，《尤利西斯》读得我头都大，不过很有意思的一本小说。”

“它最大的优点是晦涩难懂。”

她话音落，从桥头传来古老的歌声，方言演绎，曲调高亢。见我听得很认真，她轻声道：

“那是山歌，我也不会。但我会一首黔南的民歌，你要不要听？”

“好啊。”

她清了清嗓子，唱起来：

好花红来好花红，好花生在刺梨蓬，
好花生在刺梨树，哪朵向阳哪朵红。
隔河望见艳山红，七十二朵作一蓬，
想着哪朵摘哪朵，都是那个艳山红。

她唱毕，我鼓掌。

“真好听。曲调古朴，音色空灵优美。”

“你知道吗？小时候，我妈妈唱《好花红》，不知道为什么，我觉得很土气，现在却喜欢得不得了。我从小在都匀长大，觉得这里太老旧，这里的人太温柔，做事不够麻利，但现在慢慢融入其中，才发现，这也是一种选择，一种人生境界。我现在越来越喜欢都匀，或许晓风的选择是对的，这里才是真正适合我的地方。你说，我们一生追求什么呢？不过几十年光景，一切努力不过是为了生活得更好，既然如此，那为何不直接去一个适合自己的地方呢。”

说完她蹲下身子，拾起地上的一颗小石子投向剑江。石子击水的声音没能听见，但借着灯光，水面上泛起小小的水花。

“每座城有每座城的美，每个人有每个人的志趣，我们终其一生所寻觅的幸福，不过是找到与自己志趣相投的人，并在彼此喜欢的城，度过余生吧。”

“嗯。你说，我给你什么印象？”她笑道。

“知性、大方、美丽。”

“不是，我的朋友都说我傻傻的，他们经常对我说，你做什么不好，去开什么书店，书店是赔本的买卖。他们晓得我坚持做这个书店，是因为晓风后，说我是傻中之傻，人都走了，你还为他的所谓理想忙碌，愚蠢到家了。你说我是不是有点傻？”

“不好说。”

“我觉得我不傻。我觉得人这辈子很短，大千世界，茫茫人海，遇见，实属不易，既然有缘分在一起，就应该有情有义。”

这句话击中了我的心扉，我突然觉得我该重新审视下我自己。

差不多10点的时候，她带我来到一个叫石板街的地方。一条街从下到上，古老的建筑群，大红灯笼高高挂。我感觉她又带我玩一次穿越。

往前走不远，她在一座房子前停下来，她从包里拿出钥匙，插入孔中，打开门。墙壁老旧，仿佛经过熬煮，呈焦糖色。我们穿过一个摆满民族服装的房间。来到楼梯口，她又拿出钥匙开门。门开了，我们爬楼梯，来到二楼，开灯，一茶桌、一古琴、三张小凳子呈现在眼前。屋内家具极简到极致。因为整栋房屋坐落在石板街拐弯处，推开窗户，风景极好，大红灯笼高高挂，恍然以为自己进入了张艺谋电影《大红灯笼高高挂》的取景地。

“祖父留下的老房子，上百年了，楼下租给人家卖衣裳，楼上，我就留来做自己的小茶室、小酒馆，不常来，有时候会一个人到这里孤独饮。”她用一根木棍撑起窗户道。

“这里真好，有一种大隐隐于市的感觉。”

“是啊，外面的喧嚣属于外面的，我就要这一杯，或茶或酒就好。”

她起身从窗帘下的木洞里取出一个青花瓷酒瓶来。

她刚把青花瓷放在桌子上，手机响了，她一边接电话一边对我说“外卖小哥”，朝楼下走去。她上来的时候，拿来了宵夜。

“是黔南当地有名的小吃，三都的铁板烧。我让他们做的微辣，你应该能接受的。”她一边打开外卖一边道。

我不客气，夹了一块入口，这个味道于我算是美食冒险。不过，可能是与她在一起的缘故，我接受，并心生喜欢。

“我爸爸特别喜欢喝匀38。小时候，我们家就住在这栋屋子里，我经常到街头给我爸爸买酒。时间真的过得好快，一晃20多年过去了。我爸爸也老了，现在的都匀人也不喜欢匀38了，喜欢青花瓷了，万事万物都在变，只有这条街没有变，还是过去的样子，只是石板比过去更光滑了。”她一边说一边拧开青花瓷的瓶盖，一股酒香在房间蔓延开来。

她从茶桌的抽屉里拿出两个杯子，一边给我倒酒一边说道：

“现在都不喝匀38，都喝青花瓷了，你叔叔在匀酒厂上过班，你和这个酒也算是有缘人。”她把酒杯递给我。

“我不懂酒，平时喝得也不多。”我接过酒杯。

“我也不懂酒，可能是遗传，有时候会特别想喝。今天能遇到你，我真的非常开心，希望能得到你更多的指导。”

“哪里，互相学习，我更应该感谢你，如果那个行李箱找不回来，我这次都白来了。来感谢你，我敬你一杯。”

“分内的事，你客气了。”

“你说巧不巧，你的书店名叫都匀清欢，我这次来要去的地方叫清欢寨。”

“是吗？都匀还有叫清欢的寨子？”

“阳合乡牧李村清欢寨，你没有听说过？还以为你们书店的名字与这个寨子有关呢。”

“真的没有听说过。我虽然是都匀人，但很少到乡下去。当时给书店取名，晓风和我也想了很多名字，其中有一个特别有意思。我不是叫枫香吗，认识他那阵，我天天哼《好花红》，《好花红》的“好花”指的就是刺梨花，他就给自己取了一个名字叫刺梨。他这个人很有趣，希望我天天歌唱他。给书店取名时他说就叫‘枫香刺梨’，我觉得这个名字让人听了会想到饮料，就没有同意。后来他又从诗经、宋词里找，什么残月、南山、关雎、在水一方、伊人之类都写了一堆，没有一个合适。有一天他和我剑江河边逛，那个时候是夏天，和风习习，满河坎都是人，有人在钓鱼，有人在散步，有人在勾肩搭背谈情说爱，好不悠闲。他突然说道：就叫都匀清欢吧，如果要用一个词来形容都匀的生活状态，他觉得清欢这个词最合适不过，淡淡的欢愉，多一分感觉太浓烈、太燥，少一分感觉太淡、太冷。清欢，刚刚好。他的话一下子让我想到

苏东坡的词：‘雪沫乳花浮午盏，蓼茸蒿笋试春盘。人间有味是清欢。’我觉得挺好，一拍即合，我们就这样定了书店名。”

“是的，苏轼的‘清欢’与李白的‘人生在世不称意，明朝散发弄扁舟’那样的自我放逐不同；也不是‘人生得意须尽欢，莫使金樽空对月’那种尽情的欢乐；更不是杜甫的‘人生有情泪沾臆，江水江花岂终极’这样悲痛的心事，或者‘人生不相见，动如参与商；今夕复何夕，共此灯烛光’那种无奈的感叹。清欢不是狂欢，是淡淡的欢愉。‘清欢’有味。虽然不浓，却和水一样，渗透人生之路的每一个缝隙。书店取这样一个名字，我觉得好棒。我要去的地方是清欢寨，却先遇见清欢书店，这是一个缘分，来，我再敬你一杯。”

她干了，夹一块菜道：

“我们确实是有缘。一周好容易进电台的电梯一两回，却偏偏遇见你哈。我在广播电台兼职，一周也就一两次，做这个读书直播，是想借助这个平台，让更多的人热爱读书。我特别享受别人在收音机里听到我的声音，这种感觉很奇妙。我小时候就特别喜欢听广播，那个时候几乎每天晚上会听中央人民广播电台的《小喇叭》节目才能入睡。每次听到主持人声音的时候，就会对她无限想象。很有意思。你呢，平时有什么爱好，现在的工作是你喜欢的吗？”

“我好像一直都很忙，每天像一个机器一样转个不停，真没有好好想想自己究竟过得怎么样，或是现在的生活是不是自己喜欢的。新加坡的媒体竞争非常激烈，有时候连喘口气的机会都没有。”

“你世界各地的走，去的地方，最羡慕哪里人的生活？”

“我特别羡慕西班牙人，他们的生活节奏很慢，他们的聚餐从下午3点左右开始，一直会持续到晚上。一个小时吃开胃菜，三四个小时用正餐。最后是三个小时吃甜点、咖啡、喝酒、聊天。开始过去的人很不理解，觉得这是在浪费时间，还不如回家读书、炒股。但后来，慢慢理解了。人之一生不过如此，没有必要那么追、那么赶，该珍惜每次遇见、每次重逢。我那天沿河到酒店，感觉都匀真的不错，适合人居，很羡慕你现在的状态。”

“我确定放弃深圳回到都匀后，我的很多朋友很不理解。人生到底是用来奋斗的还是用来享受的？就像寓言故事里的蝴蝶，夏天只顾着玩，不贮存粮食，还笑话蚂蚁只懂得工作，到了冬天只能饿死。其实不是懒，只是学会了平衡，不是工作第一、生活第二，而是学会了平衡，学会把握度，工作和生活都不可或缺。以前晓风常常对我说，人生何必那么赶呢？我们到底在赶些什么呢？既然我们已经拥有了阳光、新鲜空气、美酒、美食，我们还要分秒必争做什么呢？让生活回到生活本身的样子吧。刚开始，我特别觉得他没有进取心，但现在感觉他说的是真理。特别是经历了新冠疫情，我这个体会更深了。都匀这个地方无论什么季节，只要是阳光明媚，河滩上和河岸边都有晒太阳和自由漫步的人们，他们乐于满足。天地如画，为什么要把时间浪费在名利场呢，何不静下心来，享受山水美好呢？这才是时间的味道啊。有时候，我觉得放下更多，会得到更多。即使现在的收入远远不如之前，开的车不如之前的好，住的地方也不如之前，虽然有一定压力，但因为是自己喜欢做的事，没有那么焦虑了，步伐没有那么忙乱了。每天上午可以慢慢悠悠，喝上一杯奶茶再出门，不忙的晚上可以不慌不忙，约上三五好友，小聚一场。我觉得这是一种也算奢侈的生活，我感恩所有，满足现在。来来来，喝酒。”

我们碰杯，她喝了一大口，放下杯子说道：

“我心里挺感激晓风的。我之前对都匀很排斥，一直想逃离它。觉得它太老，发展速度不够快，觉得它太旧，缺少设计感。这两年，慢慢体会，慢慢感受，融入其中，才发现这才是最适合我工作和生活的地方。”

“虽然仅仅待了不满两天，但我感觉都匀这座小城，好像一切都刚刚好，没有那么大，也没有那么满，没有那么急，也不是那么慢，好像一切都刚刚好。”我说。

我是好几口一杯，她是一口一杯。喝了一会儿她又道：“这边喝酒规矩很多，你要到三都寨子上喝，那才是高难度。”她端起杯子：“来，来，来，我们一起来，秀，秀，秀……”这个节奏叫两短一长，她一边说，一边干下了那杯酒。她说，不知道从何时起，三都人在喝酒中，用这个字做文章，通过对“秀秀秀”的间隔来变化喝酒节奏，使得喝酒赋有交响乐般的激情。

随着喝的酒越来越多，她的话也比之前更多了。

“云飞，你说我这是怎么了，是不是上了年纪了，现在越来越喜欢古老的东西，什么老家具、老房子、老街。反而对时尚、新潮的东西兴趣不浓了，听歌也是喜欢听古老的歌曲，乐器也不像以前迷恋钢琴、小提琴，而是对古琴、琵琶之类的感兴趣。最近我就在学古琴。”

“你这不是年纪大了，是心静了，心比以前静了，知道自己想要什么。”

“真的吗？来来，喝。”

窗外的灯笼暗淡下来，时间不早了。我想。

她突然说她会算命，执意要我拿手给他看看，看我什么时候能找到女朋友。

我伸手给她。她左手托着我的右手，在我的手心里找着什么。

过了一会儿，她笑道：

“你最近有桃花运，真的，就在最近，最近的最近。”

她的脸好似熟透的苹果，红得让人垂涎欲滴。声音性感，让人想到和煦的春风、奔放的向日葵、绚丽灿烂的光芒和倾泻如瀑的汗水。

我笑，我想如果这个时候，我拥抱她，她应该不会拒绝的，但我没有那么做。

“晓风离开有很久了，很久了，我以为我自己不去想他了，但其实一点都没有忘记。现在比之前好很多很多了，起码今晚我们这样喝酒，我没有哭，要是以前，我一定会哭得稀里哗啦。不过，我今天真的很高兴，遇见你，我真的很开心，你知道吗？我很久很久没有这么开心过了。真的，很久很久没有这么开心过了。我发自内心的高兴。”她又自饮了一大杯。干完，她夹了一块菜到嘴里，又说道：

“这个地方我弄好后，你是第四个客人吧，第一、二、三个是我的闺蜜，好几回，我们喝到天亮。那个气氛实在太好了。我记得西班牙的文学大师马塔斯说过：‘世界原本枯燥乏味，缺乏真正的激情，若没有酒精，人就迷失了。’”

“这句话，我有印象，好像是在《似是都柏林》那本小说中。”

“应该是吧。”

“贵州的女孩子是不是都很喜欢喝酒啊？”

“其他人喜不喜欢我不清楚，反正我还行吧，但黔南的女孩喝酒厉害倒是真的，天生半斤吧。”她摊开手掌道。

“那挺厉害的。”

“当然，我们都匀的女孩肯定是厉害。作为都匀的姑娘，我不能让晓风失望，我要把都匀清欢经营得好好的，我的目标是成为像先锋书店一样的全球最美书店，你一定要帮我哈。对了，我做了一个公众号，我想每天发一句话，有日期，像日历，配一张图。但这句话，我又不想摘抄名人名句，我想用自己写的，自己的一些小感受、小看法。你觉得怎么样？”她看着我，眼神迷离，但口气很认真。

“我觉得挺好，比摘抄的好太多了，毕竟你是书店的主人。”

“可我对自己写的东西没有信心，遇到你这个大编辑，以后可要多帮帮我哈。来来，我敬你。”

“没有问题，你写了，发给我帮你斟酌斟酌。”

“太谢谢你了。我干了哈。”

就这样过了一会儿，她站起来道：

“哟，时间不早了，你明天还得办事，走吧，我们走吧。”

踉踉跄跄走下楼来。

雨是毛毛雨，一块一块石板，在红灯笼的映照下，犹如一面面镜子。她摇摇晃晃，高一脚矮一脚踩在石板上，像一个憨厚无邪的孩子。她仰头唱道：

天青色在等雨，而我在等你。

石板街上石板，是我的记忆。

唱到这里，她突然停下来道：

“你猜这条街长大概多少米，由多少块青石板铺成？”

“大概 200 米，由 10001 块青石板铺成。”

“答对了，奖励一块糖。”

她像一棵硕果累累的树，泛着光泽，香气四溢。

她走过来，握着拳头，一副要把糖放到我手心的样子。

我递手过去，她把拳头放到我手的上空，打开手，好似空空如也的手里真有一颗糖掉到手里一般。

她转身离开了，又轻声问道：

“石板街建于明朝洪武年间，公元 1638 年，中国伟大的探险家、旅行家徐霞客到都匀游览，即由石板街进城。A，是。B，不是。请选择。”

“B，不是。”

答错，罚你唱歌一首。

我不会唱歌，那朗诵诗歌也行。

因为喝了酒，头脑昏昏沉沉的，我一时语塞。她见我有点尴尬。继而道：

“算了算了，等你清醒的时候吧。今晚我们就到这里吧，我喝高了，不能送你回去了，你自己回去吧，注意安全。”

我问她住的地方远不远，要不要送她，她指刚才喝酒的楼，我明白她今晚就住在这里，我要她先回去，我再走。她执意要看我离开。我只能朝石板街口走去。走到街口，我回首，她站在原地朝我挥手。

回到酒店，我给她发信：

我从来没有哪一个夜晚，这样慢慢悠悠地度过，也没有哪一个夜晚，和一个人这样走过一座城，说过这么多话，这些年，我都急急匆匆、忙忙碌碌，好像每天都是上紧的发条，从不知道什么叫停歇。是你让我开始思考我过的日子。很喜欢听你的声音，喜欢听你讲故事，很高兴认识你。

她给我发了一个微笑的表情。并回道：出行顺利，等你回来喝酒。对了，要不你明天开我的车去？

我回她：不用，我想乘坐公共汽车，好能感受当地的风土人情。

她回：平安吉祥如意。

第二天一早我直接赶往客运站。

“到阳和乡。”我站在售票窗口对售票员说。

“没有到阳和乡的车。”

“有到归兰乡的要吗？”

“我到阳合乡。”我口气坚定。

“阳合乡已经合并到归兰乡了。”

“合并了，什么意思？”

“就是阳合乡已经不存在了，现在只有归兰乡。”售票员的口气表情一如既往的淡定。

“存在的为什么就不存在了呢？”

“先生，你可以这样理解：就是换了一个名字，地方还是原来的地方。”售票员有些不耐烦了。

“那好吧。来一张到归兰乡的票。”

我上了一辆从都匀开往归兰乡的客车。打开包，我拿出了那个笔记本，心想阳和乡合并了，牧李村呢，不会也合并了吧。如果是这样，那找起来可就不那么容易了。

天气阴沉，街上行人稀少。昨夜一场细雨，化作一路泥泞。黔南院子、秦汉影视城、毛尖小镇、杉木湖畔等广告牌、指示牌从眼前划过。

出城不久，车穿过一条宽敞的大道后，就上了一条县道。沿途山峦重叠，清水成湖。一寨人家，瓦房砖房，错落有致。偶尔出现一栋吊脚木楼，坐落于山脚，门前稻田纵横，油菜葱郁。车经过集镇，停在路边。有人下车，有人上车。有马车经过，赶马车的人神情淡定，嘴上叼一根烟。车上有人把头伸出窗外和赶马人打招呼：

“去赶场啊。”

“是呢，今天啷个这样早？”

“不早喽。生意好，开慢点啊。”

赶马车的人一声“驾”，扬长而去。

客车继续赶路，车载电视播放的是歌唱家尤雁子演唱的歌曲《梦回古寨》，旋律优美，声音空灵。车经过寨子路口，少不了要停下来，等旅客上下。下车的人拖儿带崽，上车的人扛米抱鸭，人人不修边幅，个个穿着随意。车上有认识的互相打招呼，说的本地方言，尾音极长，好似唱歌。和我同排

遠離自高心常思惟智慧
解說若能行是行功德不可量
德應作是念不久詣道樹得
其所住止處經行若坐卧乃至
莊嚴令妙好種種以供養佛
歲在甲午孟冬時節朱瑞

一路所有，

皆是故事。

一生所有，

都是慈悲。

既来过，就要留下点什么。

留不下声音，留下脚印，

留不下脚印，留下故事，

留不下故事，留下白云飘飘，

炊烟袅袅，繁花朵朵，一抹深情。

人活一世，瞬息之间。

争名夺利，永无宁日。

森林清风，蓝天白云，

群山花香，流水欢歌，

我能享用这一切，心已知足。

年华流泻，来往不留。

话多如水的你我都是匆匆过客，

唯静默如谜的山水成为永恒。

世界充斥着谎言，

只有梦里才会有实话实说，

只有醉了才会口吐真言，

只有童言才是至理名言。

走过万水千山，

数不清的遇见重逢，

不过是为了遇见一个人，

值得一生心心念念；

一段旅程，

能够帮助自己悟出生命的真谛，

并从此不再慌乱迷茫。

我们生来就是为了相互成就。

一起迎接初生的太阳，

一起慢看云卷云舒，

一起走过江山如画，

一起回忆过往年华。

你的坚定不移，

终将换来热泪盈眶。

在岁月的长河里，

错过的会回来，

或在明日，或在未来的某天。

那个你朝思暮想的重逢，

会以你意想不到的方式出现，

胜过梦里的场景，

盖过今生所有的欢喜。

无论身在何处，

有花看花，无花看木，

不急着朝前走，也不忙着回头。

相遇成全，接受当下。

我们生来就是完成使命，

又何必抱怨起早贪黑呢；

我们生来就是相见恨晚，

又何必介意时光无情呢。

我想站在太阳下，

欣赏你的微笑，

可现在天气阴沉，

世界一片朦胧。

人心不古，来来往往，无不复杂。

一生太短，和自己心仪的人，

做一两件有意义、有意思的事就好。

一山更比一山高，
一水更比一水长。
山山水水无穷尽，
生生世世永不息。

世界是内心的投射，

你所想的都会看见。

每个人都是一团迷雾，

越拨越浓，

浓得化不开。

冷暖自知，

亲疏随缘。

这世上，

有些东西，你会一直排斥，

直至老朽，

有些东西，你会迷恋，

直至永远。

有些人，你会一直想念，

却不再想见。

你来，我在，

你去，我等。

世间万物皆有来头，

人世所有都是缘分。

没有一个生命因为无用而存在，

没有一个人会无缘无故与你相逢。

有些地方，你去一次是不够的，

有些人，你见一面是不够的，

你需要停下来，

慢下来，细心观察，静静体会。

它一定有风景，让你留连忘返，

他一定有故事，让你心潮澎湃。

虽然，它在荒郊野外，

虽然，他目不识丁。

这里适合所有的故事发生。

比如一杯酒，一碗茶，

一个眼神，一缕清风，

一个夜晚，一个梦，

关于遇见与回眸，

关于过去与未来，

关于离别与重逢，

关于悲欣交集与热泪盈眶。

人生没有一个坎跨不过去，

没有一个冬天不可逾越。

人这辈子，

不过是走走停停，忙忙碌碌，

满满当当，上上下下，

吃吃喝喝，热热闹闹，

笑笑呵呵，悲悲戚戚，

冷冷清清，空空荡荡。

熟悉又陌生，孤独又热闹。

转来转去，

你所要的不过是一块菜园，

半间木屋，一池湖水，

还有那雾的朦朦胧胧，

若隐若现。

的是一对母子。母亲上车时，手提一个绿色纸盒，盒子外壳上写着：长顺绿壳鸡蛋。孩子 6 岁的样子，穿的衣服左胸前印有“都匀市第八小学 .1928”的字样。一路上，母亲和孩子念顺口溜：都 (dou) 匀大桥头，汽车 (qu ē) 打转 (ju á n) 转转，火车打转 (ju à n) 转转。一个老者者，骑辆黄包车，压死棵 (ku ō) 老蛇 (xu é)，扳 (bia) 弹 (ti á) 扳弹勒……两人说完，笑声划过。

车一路走走停停，差不多中午的时候，才来到归兰乡车站。到终点站，车上只剩下我一个乘客了。开车的师傅是一个大胡子，个子矮小，皮肤粗糙，声音瓮声瓮气，好似来自幽深的地窖。

走出车站是一个农贸市场。有几个中年男人围蹲在一炉火前打牌。旁边有一排摊位，有的卖小吃，有的卖菜。卖菜女人有的在纳鞋底，有的在织毛衣。见我走近，卖菜的主动问我要不要买豆腐，我说不买。卖小吃的高跟鞋女人走上来热情洋溢地说道：

“尝尝我们都匀的冲冲糕，传统小吃，上百年了，好吃老火。”

冲冲糕，我没有见过的美食。看着蒸锅在冒气，一股香味飘出，我忍不住买了两个。放入口中，有韧性，柔软香甜。

吃毕。我向她们打听到清欢寨怎么走。

“清欢寨？”

“没晓得。”

“我也没晓得。”

她们很热情，争先恐后回道。纳鞋底那位转身问身后打牌的男人。

“你们晓得清欢寨不？”

“没晓得。”

“那牧李村呢？”我又问那妇女。

“牧李村离这里老远了，你要打个摩托车去。”

“哪里有摩托车？”

“往前面走，到路口等，会有嘞。”

我谢过她，往前走，来到公路边。远处的山峰进入眼帘，形状奇特，好似一只巨大的乌龟。路两旁的树木枯枝败叶，满目萧瑟。有人肩挑一担柴，赶着牛从远处走来，慢慢悠悠，从我面前经过，最后消失在路口。我正想要不要继续在路边等下去时，突然有一个男人骑摩托车从远处疾驰而至，我拦住他。

“你要去哪？”

“我到清欢寨。”

“清欢寨？你是不是弄错了哦，这里没有这个寨子。”他几乎想都没有想随口就说道。

“不可能。”

“是我是本地人还是你是本地人嘛，我又不会骗人。”

“那你送我到牧李村。”

“牧李村哪里？”

我一时不知道如何回答他。

他见我不吭声，继而说道：

“你是不是找人嘛？”

“是。”

“那我就送你到村委会那。”

“好吧。”

车开得飞快，冷风如镰，刮得脸疼。我把衣领拉紧，抱紧他，闭上了眼睛。不久，车停了下来。

“到了，看见没有，就这个房子。”

我抬头看见一栋白色的二层水泥砖房，大门敞开，门口墙上挂有好多块木牌子，其中一块上面写道：

归兰水族乡牧李村村民委员会

清欢寨怎么可能没有呢？叔叔不可能跟我开这么一个玩

笑，我想。

我走进牧李村村委会。村领导都出去开会了，一位大学生志愿者接待我。他整个人是圆的，嘴巴、脸庞、肉唧唧胖乎乎的手，让我突然想到毛茸茸的大熊猫，看起来既笨拙又可爱。不过，他戴着一副眼镜，头发梳得一丝不苟，一看就知道是那种做事认真细致的人。给我倒一杯茶后，他像一只书虫一样钻进一堆资料柜中，久久没有抬起头来。如果抬头也只是看一下，我写在一张纸条上的那几个字：

牧李村清欢寨毛尖姑娘

窗外千山草黄，满目苍凉。远处有火升起，白烟如云。我站起来，感受这别样风景。

差不多一个时辰过后，他异常冷静地对我说道：

“云先生，所有的资料我都查阅过了。牧李村没有一个叫清欢的寨子，更没有一位叫毛尖的姑娘。”

“怎么可能呢？麻烦你再帮我看看，有没有同音的寨名呢。”

“没有。你看是不是弄错了呢，我虽然来这里的时间不足3个月，但对这里还算是很了解的。你进来的时候说清欢寨，我印象中是没有这个寨子的，经过一遍又一遍反反复复查阅，确实没有。牧李村就包含了8个寨子：有10户人家的罗瓦寨（组），有5户人家的清水寨（组），有7户人家的木瓜寨（组），有3户人家的母鱼寨（组），有1户人家的簸箕寨（组），有20户人家的多哥寨（组），有6户人家的戈多组和33户人家的牧李寨（组）。这些寨子我也都查阅好几遍，多是吴姓、潘姓、蒙姓，也有朱和黄等姓，但找不出一家是毛姓的。我建议你到乡派出所去查询下。”

“归兰乡以前是不是叫阳合乡？”

“也不能这样说，现在的归兰乡是由过去的基场乡、阳合乡和奉和乡三个乡合并来的。”

“那会不会在合并时，这个清欢寨忘了合并，或者说划给了另外的其他乡镇？”

“这个完全不可能。之前那三个乡的所有村寨都合并到现在的归兰乡里了。我刚来这里上班时，需要反复学习了解这里的一切。这个我可以肯定。”

我不好再说什么。他的眼里满含诚意，我相信他说的话。我向他道谢告别，打了一辆摩托车，前往归兰乡派出所。

一位满脸大胡子的警官在值班，他对我的来访不太热情，我说明了来由，他一脸严肃，问我：

“毛尖姑娘年龄多大，是小姑娘，还是大姑娘？”

我一时语塞，不知道如何回答。

“你最终要找的是人，不是寨子。应该先搞清楚你所找的对象的相关情况，比如年龄，比如长相，比如她是否结婚，有没有孩子，家人都有哪些，是在单位上班，或是在外做生意，或是在家务农。你只晓得一个姓名、一个性别，其他一无所知，你找个球啊。”他一边说，一边扳指头。他满脸通红，嘴里叼着一根烟，他不把烟吞下，神经质地吐烟圈，一个一个又一个。

我想向他解释。但在他面前，我的解释是苍白而毫无意义的。那我该怎么办呢？不可能就这样不了了之吧。我继而对他说道：

“我想麻烦你帮我查询下整个归兰乡有没有一个村叫清欢村，我想可能是我叔叔把清欢村弄成清欢寨了。”

“我可以负责任地告诉你，归兰乡就是掘地三尺也没有一个叫清欢的村子。这个我比任何人都清楚。到今年年底，我在这里工作整整 6 年了，没有我不熟悉的村子，也没有我不了解的寨子。”

“既然警官对本地了如指掌，工作时间也有些年头，算得上工作经验丰富的老警官了。我能不能请教您，我现在手上只有这样一个线索，我该如何往下走呢？”我一边说一边从包里摸出了那个包得严严实实的笔记本（因为害怕损坏，我又在原来的基础上包了一层纸）。我把自己包的那层纸拿开，小心翼翼地把笔记本递给警官。他接过笔记本，看着白底黑字念了起来：

“牧李村清欢寨毛尖姑娘（收）。”

“可以拆开吗？”

“出于对逝者的尊重，我想不能拆开。”

“逝者？”他用探询的目光注视着我。

“嗯。我不在人世的叔叔。”我把事情的原委大概说了一下。

警官若有所思，点了一支烟，猛抽起来，不时看了看窗外。

窗外没有什么好景色。一条公路。路两旁是光秃秃的树木。偶尔有一辆车经过。尘土飞扬。

“从上面的地址看，你要找的人是过去的年轻人，现在已经不是姑娘了，至少应该是妈妈级别的了。因为上面的地址写的是阳合乡，三乡合并是多年前的事了。如果是小姑娘也应该长大了。从我们办案的角度，这个本子是必须拆开的，要不，真的没有办法。当然如果你不死心，非要尊重逝者，不拆开这个本子，还有一个办法，就是你可以到乡政府了解下。在这之前还有没有村组合并，毕竟我在这里也才6年，说不定在10年前或者20年前，有村组合并，清欢寨就此消失，也不是没有可能。”

大胡子警官虽然是一个看起来脾气不是那么好的人，但终究还是耿直朴实。临走时，他给归兰乡政府的相关负责人打了电话，并把我的情况给对方说了一遍，要对方提供帮助。

午饭后，我来到乡政府办公室，接待我的是一位参加工作不久的兰姓女孩。女孩满脸带笑，一头短发，看起来很精干。她说刚才领导已经交代了，她马上就带我去档案室。

兰姑娘打开档案室的大门，一股发霉的味道进入鼻腔。这像是一个被人遗忘多年的房间，应该是很久很久没有人踏访了。几个大柜子装得满满当当，把窗户都挡住了，好容易有一缕光从窗户挤进来，却被一个绿色的高脚柜挡住了。兰姑娘打开电灯，我跟着她猫着身子钻了进去。我们像两只老鼠，开始在这个屋子里翻箱倒柜。

我数了一下，整整11个大柜子。每个柜子都装得满满当当。一柜子一柜子的找，这该需要多少时间？想到这里，我感觉头皮发麻。我正寻思该怎么办时，只听见兰姑娘说道：

“云先生，你从那边找，我从这边找，找到牧李村那几个字就可以了。”

“好的。”

我似乎明白了，每个柜子装的是一个村的资料，我们只要找到牧李村这个柜子，再从牧李村这个柜子里的资料找清欢就可以了。每个柜子上面都是一层厚厚的灰尘，我就近用手轻轻拂过，只见柜门上面写的是：

奉合村

我打开柜子，里面层层叠叠，堆满了各种档案袋和打印成册的本子，档案壳和本子上标注有年月、名称等。

我抽出一个写着“榔木寨”的本子，翻开，只见上面写道：

榔木寨有80多户水族群众聚居，被誉为“中国水族第一寨”，每年水族传统节日端节要从这里开始。端节是水族一年中最为隆重的节日，也是世界历时最长、批次最多的民族年节。首尾历时50余天。水族以端节为年节，源远流长，承载着厚重的民族文化和浓郁的民俗风情。传统的庆典活动主要有家族祭祖、端坡赛马、文艺表演、体育竞技、铜鼓和木鼓演奏等。水族端节，最具特色的菜，算是鱼包韭菜了。

鱼包韭菜是水族端节家家户户必不可缺的最珍贵的祭祖菜肴。据说，水族先人为避祸乱从江西（江之西部）白米街往江南迁徙，跋山涉水，道饥而渔，得鱼佐之以韭菜填饥健行，故水族端节以鱼包韭菜供祀先人……

面对这些，一头扎进去，好似钻进了一个幽深的洞。何时能找到出口，一无所知。

在天快黑的时候，兰姑娘大叫起来：

“找到了，找到了。归兰乡是有一个叫清欢的地方。只不过被水淹在水底了。”

“什么时候的事？”

“哎哟，算来至今有差不多30年了啊。怪不得您找不到，原来是这样啊。”

“被淹了，那些人家呢，都搬到哪了？”

“让我看看。”

兰姑娘打开一本发黄的资料册，只见上面记载：

清欢寨，一共8户，45人，蒙姓5户，潘姓3户，蒙启发一家迁往牧李村的簸箕寨，蒙自由家搬往长流村的蒙柳寨，潘林子一家迁往大坝村和尚坡开山种茶，蒙贵莺一家迁往奉和村田坝组，蒙江河和潘树林两家迁往骆驼村小燕组，潘多喜、蒙启发两家迁往红籽岛村晓春组。

“云先生，你把这个都抄下来吧。你在寻找的过程中，一定用得上。”

“我用手机拍下来吧。”

兰姑娘如释重负。我们拍掉身上的灰尘，走出档案室。我对她心怀感激。与她作别，走出乡政府大门，昏暗的天色让我想起不知道是哪位诗人写的诗：

黄昏
像一把镰刀
把白天割倒在地
灯火是血
染红了人间的夜晚

回城的车已经没有了，我只能在街头随便找了一家旅馆住下来。

进入旅馆，刚把外套脱下来放好，枫香发来信息，问我回到城里没，晚上请我吃宵夜。

我把大概的情况编辑了信息发给她，她回：

“慢慢来吧，只要坚持一定会找到的。有需要帮助的地方，和我说一声。”

我说好的，问她明天微信公众号会发什么句子，乡下信号不好，我怕明早出门到更偏远的地方，收不到信息。

她很快把内容发过来：

谁不是将就地度过一生呢？人世间没有完美的东西。如果有，那是镜中花、水中月。如果有，那是夜晚的昙花、白日的流星。

太阳在光芒万丈前，经过的是没有一丝光亮的暗夜。

星河灿烂，手摘星辰，一夜香睡好梦。一梦爱情纯洁，一梦人生欢喜。月亮不落，我在等你。

你就是那束光，照亮我的全世界。即使在一无所有的日子，漆黑如墨的冬夜。

所有的心事都丢给野风，所有的思念都甩给月亮。我只要一杯红酒、一杯白酒。红酒敬你，未来已来，旗开得胜；白酒敬自己，时光流逝，过往不纠。

见人见事，见山见水，见天见地，不过是为了更好地看见自己。

我希望有一所房子，可以听见月亮漫步的声音。我希望有一个你，可以陪我走过千山万水。我希望有一个夜晚，只属于初次相逢。

让我想不到的是，她的文笔竟然这么好，尤其是最后一句，让我好喜欢。昨天和她在一起的点点滴滴，渐渐浮现在眼前。自从和女友分手后，这样的感觉就没有出现过，对于一个女人的念想，我想我可能喜欢上她了，这个成熟知性的女人。

我很快回复她我个人希望明天公众号，发布的是最后一句。她问我为什么，我说，这句话让人产生共鸣，尤其是我。

她给我回了一个笑呵呵的表情。

我和蒙川约好，这天下午，我们在归兰乡古桥上见面。

因为我电话给他时，他刚好在从都匀市区回归兰乡的路上。

“每个人都很忙，你真的去造访，还不一定遇到想找的人。我想能拿到电话，在电话里问，是最省事的。蒙川是蒙贵鸾的儿子，联系上蒙川，应该就能联系上其他人。”兰姑娘昨天说的话还在耳畔回荡。

我来到归兰乡石桥上。石桥古老，流水叮咚，无行人。风刮过我的脸，一阵刺痛。眼前，万物萧瑟，无限沧桑。我希望早点结束这趟旅程。

一辆奇瑞车在桥头停了下来。从车上跳下一个男人，个子很高，人很瘦，脚上的皮鞋又尖又大。他朝我走来，让我想起一艘正在前行的帆船。

“你好，我是蒙川，你是福建来的吧？”

“是的。你好。今天给你添麻烦了。”

“你晓得不？麻烦倒不存在，黔南院子加班加点，有点忙不过来。”

“黔南院子？”

“妈咦，黔南院子你都不晓得啊。唧个有名。中交集团在都匀投资的一个房地产项目，房子都是有院子的，古色古香的，好看老火。莫，都匀人哪个不晓得嘛，你唧个都没有听说过。”他非常自豪地说道。

“你在黔南院子负责哪块呢？”我对他充满好奇，忍不住问道。

“负责哪块？你晓得不，我主要开挖机。挖机知道吗？”

“知道。”

“你晓得不？开挖机是技术活，不是一般人能做的工作。你晓得不？哎，不聊这个了，你说说你的事吧。”

我把此行的目的大概给他描述了一遍。他色迷迷地问我：

“是不是找女朋友？”

“不是。”

“那是？”他的眼神里有诸多不信任，一只手伸进了长裤兜，掏个不停。

“尊重逝者，我只知道这么多。”

“你晓得不？我15岁就外出打工了。出去就是20多年。每年只有过年才回来。清欢寨被水淹的时候，我都没有在家。搬到新的寨子是我的父母弄的。我回来时，已经看不到清欢寨了。不过。”他停下了，没有继续往下说，他点燃了一支烟，猛抽了几下，继而说道：

“你晓得不？我印象中，我们清欢寨，女的没有叫毛尖的。老的那一辈有没有我就不晓得了。差不多和我这个年纪的，是没有的。”

“小时候有听说过这个名字吗？”

“应该是没得。你晓得不？我的大脑一直在转圈，好几圈了，一点印象都没有。能不能电话问下你爸爸妈妈呢？”

“问个球啊。你晓得不？他们都不在了。”他语气有点伤感。

“哦，对不起。”

“如果方便，也拜托你向熟悉的清欢寨友打听打听。如果有消息，电话告诉我。你存下我的电话，欢迎到福建做客。”

“举手之劳，你放心。你晓得不？我会抽空问他们。如果有消息，我一定会告诉你。你在福建福州？”

“福清，离福州很近。”

“哦，好的。”

“你的全名叫？”

“我叫云飞。”

“云彩的云，飞机的飞？”

“是的。”

“你这姓我还是第一次听说。”

他摁手机应该是存我的姓名和电话。我也不知道自己为什么会告诉他这些。我会在福清住一阵吗？应该是办完这事就回新加坡了吧。但谁知道呢，比如我原本来这里计划两天的事情，但现在不知道会多出多少天来。人生很多事情，不可预料，有谁又能说得清楚呢。凡事随遇而安吧，着急也没有用。如果他到福清，我刚好也还在，请他吃饭，也应该，毕竟让人家大老远来见我，人家也来了。

他走上车，我向他挥手。

“云飞先生。你晓得不？祝你好运，早日找到你要找的人。哦，对了，给你氧沁。”

“谢谢你，再见。”我接过氧沁，原来是一袋饮料。

“放心喝吧，黔之爱生物科技研发的刺梨菇生物发酵饮品，我们本地人都喜欢喝这个。口感不错，你会喜欢的。”他启动车，对我大声说道。

看着他的车渐行渐远，我忍不住笑出声来。我学着他的样子，念起“你晓得不，你晓得不”来。不过，我很快又拨通了他的电话：

“蒙先生，你能不能给我几个原来清欢寨子的那些住户的电话？”

“没有问题。你晓得不？我刚才忘记和你说，我已经没有住在归兰了，我在都匀城里买房了，你回都匀时，电话我，我请你吃饭。不过。你晓得不？回城里，我找找，会把他们的电话给你。”

蒙川走后，我回旅馆。途中。飘起了小雨。四野茫茫，雾气升腾。感觉整个世界湿漉漉的，就像拧不干的衣裳。

这是一个极其无聊的下午。我打着伞在街上走，雾越来越浓烈，看不到太远的地方。我回到屋里，窗玻璃上的窗花吸引了我的眼球。那是水族过端节的剪纸作品。剪纸中间是两条鱼，四周围绕多个对称的小圆。精致细腻，玲珑剔透。旅馆的老板说是水族“金剪刀”韦帮粉的作品。

天黑时，蒙川来电话：

“云先生。你晓得不？我想起来了，我见过一个叫毛尖的人。在温州的时候。”

“温州？”

“是的。”

“一个打工妹。四川的。”

“哦。”

“人长得很好看。你晓得不？尤其是那双眼睛，会说话。任何一个男人见到都会喜欢。她歌唱得很好，尤其是唱流行歌曲。”

“应该不是我要找的毛尖。”我打断了他的话。

“那是，你要找到的是清欢寨的毛尖，我算是在清欢寨里结婚的最后一人了。你晓得不？我结完婚离开家后的那年夏天，一寨人就搬离了清欢。我给你一个建议，往下肯定是没有的，往上走。”他语气坚定有力。

“什么往下走，往上走？”

“用一句话说，就是你要找的毛尖年纪起码在60岁以上。”

“其他寨友的电话问到了吗？”

“你晓得不？找到了一个。你拿笔记下。姓名阿拉丁神灯，手机号是1330854X80XX。我也是刚问朋友得到的，他是我一个学长的植物老师。”他说话一如之前，像放连珠炮，每一次总少不了‘你晓得不’。”

“蒙先生，你说这位老师姓什么？”

“阿拉丁神灯。”

“什么？我没有听明白，阿拉丁神灯，这里还有这个姓吗？”

“你晓得不？哎呀，错了错了，瞧我一喝酒就成了糊涂蛋。老师和我一个姓，是他以前上课，从来不看学生。上课铃一响，他准时进教室。进入教室把书拿到手上，遮住脸，就开始念上面的文字。没有抑扬顿挫，没有任何解释，永远照本宣科。你晓得不？学生在下面打闹，他也从来不管不问，他就像一个人在屋子里念书一样，不被学生的一切所动。后来学生就给他取了阿拉丁神灯的外号。你晓得不？这个外号在学校出了名，人们都这样叫他了。”

“我晓得了。谢谢你。”我学他的口气道。

我把他说的电话号码记在本子上，一看时间还早，我拨了电话，电话通了。

“你哪位？”蒙老师的声音有如刀割，又高又尖。

我大概给他介绍了自己和给他打电话的目的。他回道：

“我退休很多年了。现在也很少回归兰乡，我记得，我有一个学生叫潘益波。他在乡政府所在地的奉和村开了一家打米厂。你现在不是住在那里吗，你可以找他聊聊，他或许能帮上忙。”

谢过蒙老师，我在书上记下“打米厂潘益波”6个字。

窗外一片漆黑。听不见一点声音。冬日的乡下，清凉如水，冷气逼人。我起身把窗户关严，回到床上，裹紧了被子。今晚旅馆停电。旅馆的老板给了两根蜡烛，一根点不燃，另外一根也差不多燃完了。我还是早点睡吧。

今天一直不敢看枫香发来的信息，生怕手机电用完了，错过蒙川的电话。直到这个时候，才打开微信，一字一句读起来。

她上午发来的是：今天天气比昨天更冷了，衣服带够吗？

中午发来的是：中午吃什么呢？我今天中午陪父母吃饭。

下午发来的是：告诉你一个好消息，今天有一个公司说要来租我们书店做公司的联谊活动，就在周末，他们给场地使用费，你知道吗？他们给的钱已经够我付一个月的房租了。这难道是遇到你带来的好运吗？

晚上发来的是：你一直没有回信息，想必是因为在山里信号不好吧，你吃饭了吗？你要找的人有眉目了吗？要注意安全哦。今天抽空写了几个句子，你帮看下：

我每天都假装过得很好，因为不想让你担心。我哪里也不想去，只喜欢躺在床上睡觉，因为只有在梦里，我才是快乐的。

没有一个生命因为无用而存在，没有一个人会无缘无故与你相逢，世间万物皆有来头，人世所有都是缘分。

总有一个人会站在你身旁，那是知己。总有一样东西会陪着你前行，那是希望。总有一次相逢会让你心潮澎湃，那是爱情。

我们所走过的路，无不是坎坎坷坷，我们所看到的事，无不是乱七八糟，我们所经历的岁月，无不是起起伏伏。人这辈子，其实挺难的，但再难，也要朝前走，也只有朝前走。船到桥头自然直，柳暗花明又一村，走着走着就好了。

人生本身是不幸的。

阅读能帮助我们认识到人生本身的不幸，

从而找到那么一点点幸福。

有时候，

你需要打破一切常规。

比如，

不要窗户，

让清风与浓雾直接滚进房间。

路过的都是风景，

聚过的皆是人情。

我站在门口，

不过是等你回家。

你蹲在路边，

不过是与我重逢。

在人生的长河里，

太多太多的时候，

我们孤立无援，

道路坎坷，

唯有自己竭尽全力。

我们一无所有，

除了孤独和死亡。

我们的过去是一个黑洞，

越去探究，

越是发现深不见底，

扑朔迷离。

村子一如既往的宁静，

时光仿佛停滞不前。

家家户户炊烟升起，

有人整装出门，

扛着锄头经过菜园；

有人牵牛骑马，

消失在田野尽头。

这场景，犹如梦境。

在这座城里，

总有一天你会得到你想要的。

有一扇窗为你而开，

有一盏灯点亮你的夜晚，

有一个人等你回家。

把所有的一切都抛开，

我只要此时此刻，

怀拥阳光和流水，

还有对你的无限思念。

活到一定年纪，

越来越喜欢找一个清静的地方，

发一会儿呆，看鸟儿飞来飞去。

越来越喜欢在有水的地方打盹儿，

做一个小梦：

临水而居，搭一间木房，袅袅炊烟。

我们的一生不过是缘分的堆积。

有人与你一见如故，

有人与你相顾无言。

一切都是最好的安排，

不悲，不喜，

天高海阔，云淡风轻。

没有一个人愿意为你粉身碎骨，

除非他爱你胜过爱他自己。

没有谁能打败你，

除非你自己把自己打败。

你要坚信，

无论有多难，

人有逆天之时，

天无绝人之路。

不是每个夜晚都是星光灿烂，

不是每段旅程都是左右逢源。

没有星星的夜晚，倘风听雨，

人生至暗的时刻，

宽慰自己：

退一步海阔天空，进一步柳暗花明。

世界很大，天地很广，

我们的想法很多，

但更多的时候，

我们只是小小小鸟，

受制于残酷的现实，

想走走不开，

想飞飞不起来，

跳上跳下，跳东跳西，

徒劳度过每一天，每一夜。

不管怎样努力，

总是前功尽弃。

不管怎样前功尽弃，

还得继续努力。

你在信中说，

今晚哪儿也不去，

坐在窗前听我的故事，

和等月亮从花前经过。

所有的相逢，

没有无缘无故。

一眼万年，感觉曾到过这，

不知哪时，不知何世；

泪流满面，感觉曾见过你，

不在现实，就在梦中。

每一个大人都是孩子，

不过是上了年纪而已。

每一段旅程都孤独无依，

不过有你问候罢了。

我感觉我曾到过这，

不在梦里，

就在前世。

我感觉我曾见过你，

不在早晨，

就在某个日落时分。

人生来来往往，世界欠欠还还。有一人在城里平平安安，只为与你共进一次晚餐，有一户人家在山中与世隔绝，只为等你小住一晚。我来你在，你在我来，不是前世之诺，就是今生相约。月亮与繁星，蓝天与碧海，鲜花与春天，你与我。

这个世界，没有一个人闲着，每个人都有每个人的忙碌，每个人都有每个人的处境，有的人活成了人，有的人活成了驴，有的人一直活在梦境里。

她对我的问候，我读了一遍又一遍，感觉全身暖暖的。她发来让我帮看的句子，我反复读，惊叹她的才华。

我该对他说点什么呢，手机快没电了，停电又没有办法充电。为了节约用电，我最后这样回道：

寻找还在继续。感动你发来的问候。今天的句子，都很好，倒数第二句明天发，会更有味。心有千言万语，乡下停电，只能回这些。望理解。

为了保证明天还能用上手机，信息发过去后，我关机睡觉了。

潘益波的家在一个斜坡上，一栋三层楼的砖房，远远的能听见打米机发出的噪音。

我推门进去。机器轰鸣，震耳欲聋，屋里堆满了一袋袋稻谷。潘益波戴着头罩、口罩，穿得好像传染病医院的医生。他正往打米机里倒稻谷。机器高速转动。一粒粒大米从稻子里分离出来，滑进一个蛇皮口袋里，稻壳则变成了米糠堆积在地上。

我向潘益波招手，他伸手向我示意让我等等。我走出门来，站在门口，看那一院子的鸡鸭鹅。不大一会儿，打米机停了，四周恢复宁静。潘益波走出来。他已摘掉头罩，人很精神，高鼻子，浓眉毛，明星脸。我向他说明了来意。他说道：

"毛尖？清欢寨应该没有这个人吧。印象中是没有的。多大年纪？"

"不清楚。除了名字，性别，其他我一无所知。"

"那这个找起来难度挺大，虽然原来清欢寨只有 8 户人家。"

"你今年多大？"他样子好看，站得笔直，活像一名哨兵。我实在猜不出他的年龄。

"我快 40 了。"

"你爸爸妈妈身体都好吧？"

“他们身体都好。”

“能不能帮我问问他们，是不是听说过毛尖这个人？”

“这个没有问题，他们就在那边，看见了吗？”他手指远处的一块稻田。朝他手指的方向看去，有两个人在田里忙碌。

“那是我父母，他们在田里种菜。我忙打米，就不陪你过去了，你去找他们问问。”

我谢过潘益波。他送我来到门口。告别时和我说道：

“有时间来玩哈，今天对不住了。”

我顺着潘益波说的方向来到稻田里，向两位老人说明了来意。两位老人对视良久，异口同声道：

“清欢寨没有叫毛尖的，你是不是弄错了？”

“应该没有错，黑字白纸。”

“我们看看。”

我从包里掏出那个笔记本。

“打开看看。”潘益波的妈妈好奇地对我说，她的口吻和眼神让我想起喜剧演员宋丹丹。

潘益波的爸爸则把锄头丢到地上，伸手过来，要拆本子。我没有让他老人家得逞，很快把本子放回包中。

“吁，是哪样东西，这么金贵哦。看都不让看。”老人又长又白的眉毛抖个不停，好似在跳舞。

“尊重逝者。”

“什么？我耳朵不好。他说什么？”潘益波的爸爸问他的老伴。

“依我个人判断，那个本子是遗物，别人摸不得。”潘益波妈妈一脸自信。她身上的蓝色土布磨得发白，好几个地方露出了线头。

“若是遗物，那他要找的毛尖应该年纪比我们的都大，我倒是建议你去找两个人问问，他们比我们大一些，一位是潘林子，一位是蒙江河。”

“完全正确。”潘妈妈语气肯定，说完后，回头种她的菜去了。

我想潘爸爸说得有道理，我掏出手机记下了他所说的地址和姓名：

大坝村和尚坡清欢茶园潘林子

骆驼村小燕组蒙江河

蒙江河的儿子蒙本文接待我。蒙本文是远近闻名的烤酒师傅。走进他的家，里里外外都是酒香。一开始他以为我是来买酒的，带我参观他的酒坊，还不停地让我尝酒。待我从屋子里出来，准备开口和他说正事时，发现自己已经醉了。

从他家的床上爬起来时，天已经漆黑如墨。感觉自己仿佛做了一场梦。开饭的时候，他说：

“来我这里买酒的，没有哪个不是清醒着来醉着走的。我们乡下人就两个字：热情。”

“我不是来买酒的。”

“没有来买酒也没有关系。来者是客，来来来，喝喝喝。”

“不能再喝了。我想见你的父亲。”

“见不着。他失踪了。”

“你没有喝醉吧？”

“天下人都醉了，我都不会醉。我不会喝酒。”

“你不会喝酒，你还烤酒？”

“我妈妈在世时，她也不会喝酒，但她烤的酒没有人说不好喝。真正会喝酒的人不是用嘴巴，用鼻子就好了。”

“你的意思是你判断酒的好坏，你不是用嘴尝出来，是用鼻子闻出来。”

“正是呢。来喝喝喝。”他端起了杯子。

“你喝的是什么？”

“是水。我不喝酒，都是用水陪客人。”

“你是奇人。佩服。”我喝了一口，夹了一块鸡肉放进嘴里。味道真不错，这应该是他自己养的土鸡。他的小孩和他妻子去外婆家吃喜酒，还没有回来，屋子里就我们两个。

“我做的菜不好吃，你将就一下。要我家头边（妻子）在，我相信你今晚一定会比平时多吃两碗饭。我原本很瘦的，结婚后，她把我养得又白又胖。我和她感情很好，讲你不相信，我的结婚戒指掉了，今年的结婚纪念日，她用她的私房钱给我又买了一颗金戒指。”他一边说，一边从指头上脱下来给我看。

我接过戒指，感觉比一般的大，造型独特，应该价格不菲。

“你觉得怎么样?“他很认真问我。

“看起来不错，很有设计感，应该花了不少钱。”

“这是黔宝金店的纪念款，很难得，黔宝金店，源于黔宝银币，有100多年历史了，是我们贵州响当当的本土品牌。我家那个对我真的没得说的，太好了。对了，言归正传，你说你要找我父亲，这么多年来，我也一直在找他。我的妈妈是在我们从清欢寨搬出来的前一年去世的。她和我爸爸的感情非常好，她走后，我爸爸就像换了一个人。用我们本地人的话说就是精神不正常。尤其是后来，清水水库修好后，他天不亮就去那里，一坐就是一整天。见过他的人都说，他常常在湖边自言自语。不知道他对谁说话。有一天有一个人说我爸爸疯了，我听到差点把那个瞎说的人打进医院。你别看我个子不高，男子汉的血气方刚还是有的。”

他放下了饭碗，起身给自己的杯子加了点水，又坐下来。他确实是个矮个子，不过人长得很精神，眉清目秀。很难想象他是一个烤酒师傅，而且发起脾气来，还会打人。他的说话和模样，让人觉得他更像办公室文员。

“后来呢？”见他没有往下说，我忍不住问他。

“我们的酒坊才建好不到半年，他就失踪了。我们到处找，还到都匀城里张贴寻人启事，在网上发布悬赏寻人，但直到今天没有一点有关他的消息。只要能找到他，用这个酒坊去抵我都愿意。但他就像一滴酒从人间蒸发一样，再没有一点消息。”

“有多久了？”

“快 10 年了。”

他放下筷子，陷入沉思。屋子里恢复沉默。桌上没有纸巾。我起身找我的包取纸巾，只见不远处有人家，星星点点的灯光从屋子里透出来，洒落在稻田里，像铺了一层盐。偶尔会从那些屋子里传来谈笑声，但很快被淹没在漆黑中。夜晚会淹没一切，却对人心的痛无能为力。

“来，我敬你一杯，愿蒙爸爸早日回家。”

他举起杯子，眼泪滑落下来，掉进了杯子里，他一饮而尽。

这是一个让我终身难忘的夜晚。我和一个素昧平生的人在他酒气熏天的家里吃饭。我试图能够见到他的父亲，而他则告诉我他的父亲已经失踪多年。

“你和我爸爸认识？”他抬起衣袖擦了擦眼角，问我。

“不认识。”

“那你找他有哪样事呢？

“没有什么事。只是想向他打听一个人。”

“什么人？”

“不说了。”我想我说了，他也不可能知道，还是不提了吧。

“为什么不说了呢？”他没有放过我。我只好把此行的目的大概和他说了一遍。

“同是天涯沦落人，相逢何必曾相识。我们俩都在找人，我还想从你这里知道点我父亲的消息呢。”他苦笑道。

“人这辈子真的好难。你不知道小时候，家里的经济条件不太好，我就特别盼望快快长大。长大了能让父母过上好日子，努力啊，奋斗啊，挣钱啊，经济好些了，母亲却过世了。经济更好了，父亲又失踪了。挣钱的苦吃过了，就过了。失去亲人的苦，永远不会从自己的身上消失，会跟随自己一辈子。那种痛，只有经历的人才会明白。”

“你是一个非常有孝心的男人。”

“谈不上，毛尖应该是你叔叔的至爱吧？”

“不清楚。”

“我没有能帮上忙，接下来你打算怎么办呢？”

“继续找。”

“找不到呢？”

“我努力了，应该有个答案吧。比如知道去向之类，不可能什么也没有，我坚信这个。”

“如果什么也没有呢？比如转一圈，到最后又回到起点。”

“凡事尽力就好，若是这样，我只能这样安慰自己。人不能一辈子老是处于痛苦之中，我还有很多事情需要面对。以后的路也还很长，不能总是回头看，要看前方。人生的路在未来，在太阳升起的地方。”

与其说我回答他的话，不如说是在尽力安慰他，帮助他走出寻父的痛苦。但我的安慰有意义吗？我不清楚。

第二天一早，他送我到村口，还送两瓶酒给我：

“这是基酒，我的老友龙里荣和酒业的刘老板送的，存放10 多年了，品质不比名酒差。相识一场，算是纪念。谢谢你昨晚说的话，我觉得轻松了很多，真的。”

“此行有这样一个夜晚，已经足够，感谢你。”

我突然觉得我该回赠点什么给他，打开包我把随身携带的姜丸送给了两瓶给他。

“聚德慧子姜丸，朋友从泉州聚龙小镇带来的，还不错，每天吞一些，身体暖暖的，整个冬天，你用得上。”

他连声感谢。

我走了好远，猛然回头，还看见他在村口目送我。我想我和他的缘分，可能只有这一个夜晚，我们不可能再见面。但我会永远记得他，他也会永远记得我。在人生的长河里，我们有无数次相逢，多是过眼云烟，有的相逢，过去很多年之所以还历历在目，只是因为对方曾带给我们无尽的温暖与感动。

我走了好远，手机才有信号。枫香发来的信息很温馨。我向她解释了昨晚没有能回信息，是因为在蒙江河家所在的寨子基站坏了，没有一点信号。请她谅解。她很快回信说，她晓得的。她今天发布在书店公众号的句子是：

即使是满园荒芜时，也会有一朵花为你而开，即使是漫天乌云时，也会有一束光照亮你的心田。

“这句子是写给你的，希望你喜欢。”

一股暖流从我心里升起，眼前一片朦胧，但我仿佛看见阳光照亮了我所要走过的地方。

枫香在微信里再次问我是否需要帮助。我说不用。她说后天她空些，如果我后天还在乡下，她开车过来看我。

我突然觉得自己不是走在潮湿的冬日，而是沐浴在春天的阳光下。

潘林子可能是清欢寨唯一一位，无论沧海桑田，一直坚持种茶为生的茶农。搬离清欢寨后，他到新的地方，又开山辟地种茶，取名清欢茶园。他的家就安在茶园里。茶园离归兰乡政府所在地有近20公里。没有公交车，天下小雨，山陡路滑，我只能搭乘马车前往。马车抖得厉害，有好几次，我差点像一颗米粒，被抖落到地上。赶马车的人一路上嘱咐我抓紧麻绳，我像抓住一根救命稻草一样把麻绳紧紧抓在手中，心惊肉跳。差不多一个小时后，才来到茶园入口。入口处立有一个木牌，木牌上毛笔字写道：

清欢茶园

从茶园入口到潘林子家还要走近一刻钟的山路。走不远，山头起雾了，轻柔若云，空气清凉，沁人心脾。雾越来越浓，让我觉得自己仿佛被什么力量卷起，悬浮于空中。我顺着山路前行，几乎辨别不出几米之外的茶树来。不久，终于看到一座木楼隐隐约约于山头，拨雾前行，来到木楼门前，一位和我差不多年纪的妇女正在给鸡喂食。

“你好，请问潘伯伯在家吗？”

“在的，你来家坐。”

妇女是潘林子的孙媳妇，她把我领进屋子。潘林子已 70 岁了，他正坐在火炉边抽旱烟。

见我进来，他朝我扬了一下手，要我坐。

“他的耳朵有点聋了，和他说话要大声点，他的记性也不像以前了，经常认错人。他这辈子，就是对茶痴迷。你不晓得哟，昨天万达广场搞一个品茶活动，他非要去，回来累得直喘气。”他的儿媳妇一边给我倒茶一边说道。

“万达广场离这里应该很远吧？”

“哎呀，远得很，在都匀市区，万达所在的那个楼盘叫哪样来着？天源，对，天源 2013，在黔南师院的对面。我和我家那个都说太远了，要他不要去，他可不听，只要是与茶有关的事情，他来劲老火。”

在我身旁有一个小方桌，桌子上放有一本曹文轩著的

《青铜葵花》，新崭崭的，我拿起来翻阅。

“昨天在学府书店买的，我那个崽喜欢看书，每次进城，我都要给他买。”潘林子的儿媳妇边说边朝门口走去。

屋子中央是火坑。坑里放了一个大柴根。柴根烧得旺旺的，一个三脚架架在火上，一个黑黢黢的茶壶坐在三脚架上。火坑上方是几根铁丝和竹条合成的簸箕，像一把倒挂的伞。簸箕里装有血豆腐、土豆片、豆腐圆子、豆腐块等。长期受到火燎烟熏的缘故，簸箕黑如木炭。屋子里弥漫着一股浓浓的烟火味，但又不仅仅是烟火味，空气里还夹杂着一种让人沉醉的清香。

“我喜欢闻这个味道，不得这个味道，我想我早死了。年轻人讨厌这个，说不卫生，我是从小到大闻了几十年，习惯了。你不晓得，那个时候，我们清欢寨，家家户户一到冬天都是这样。从外面回家，一走到山垭口，这个味道就进入鼻子。无论多累，一下子会觉得轻松好多，因为要回到家了，可以喝口热茶了，可以吃到香肠腊肉了。”

“您老说的是。刚从村子里搬出来那几年，您应该很不习惯吧。”

“你说什么？”

我提高嗓门又把刚才说的话重复一遍。他回道：

“当然不习惯了。现在都还是不习惯。之前住的地方矮，现在住的地方高，之前可以经常串门，现在一家在一寨，要串个门比登天还难。不过也没有啥串的了，和我年纪上下的，都快死光了。”

为了能让老人更好地回忆起过去，我没有直接进入寻人环节，而是先和他拉家常。

“大家都很钦佩你，说您老种的茶香。”

“那是，我对土地有洁癖，种过包谷的地我不要，栽过小米的我不要，种过蔬菜的我也不要。”

“为什么呢？”我提高了嗓门。

“这个还得从我的忘年交赵海说起，他在瓮安县建中镇果水村有个叫苗岭雾海的茶场，依山傍水，风景很好。当地人称赵海叫茶疯子，他这个人对土地有洁癖，茶场全部从荒坡上开辟出来，不用一块之前种过农作物的土地。因为他担心用了之前的耕地可能会有农药或是除草剂残留，影响茶叶的口感。我觉得这个茶疯子疯得有道理，受他的影响，啷个多年我坚持用人工锄草，全部用农家肥。喝过清欢茶的人都说好喝，没有杂味，经泡，泡个 10 泡没有问题。当然这只是做好第一步，第二步还得要炒好。”

“您老很了不起，炒茶在当地没有人能比。”

“你说这个倒是大实话，我的技术别人只能望其项背，学不来。我从小就迷恋炒茶这个活儿。清欢寨里的师傅我都拜过，他们的经验我都学了，活学活用。集百家之所长，自然就无敌了嘛。”老人越说越有劲，他喝了一口茶，茶水从嘴角漏下来，掉在胡须上，让我想起早晨的草丛。他用手抹了抹胡须上的茶水，继续道：

“你来晚了，我今年的茶在4月中旬就卖光了。清欢茶好喝，是大家公认的。现在就只有我们一家在做，不够卖。每年过年时，还没有开春呢，电话就不断，全是预订春茶叶。当然，这是托都匀毛尖的福。都匀毛尖名气大，和西湖龙井、武夷岩茶、铁观音、碧螺春、黄山毛峰、祁门红茶齐名嘛。贵州有南茶北酒之说，说的就是南部有我们都匀毛尖，北部有茅台酒。还说都匀获得巴拿什么奖之类，这些我倒是不清楚，我只晓得，毛尖茶这个名字是毛主席取的。之前可不叫毛尖茶，是叫鱼沟茶。”老人越说越精神。

“我平时不喝茶，不懂茶。您老这样一说，算是给我上了一堂课，让我增长了不少知识。”

“你不喝茶，不懂茶，那你还做啥茶生意？”他满脸疑惑。

“我不是做茶生意的，我今天也不是来买茶，是专程过来向您老打听一个人。”

“打听哪个？”他的眼睛眯成了一条缝。一副很认真的表情。

“毛尖。”

“毛尖。你这不是废话吗？还是来买茶的嘛。”

“不，我所说的毛尖是一位姑娘。”

“哦，我明白了。你不是来买毛尖茶，是来找一位叫毛尖的姑娘。”他舒了一口气。

“是呢。给您老添麻烦了。”

“我年纪大了，几乎不认识什么姑娘，这个恐怕帮不上忙。”

“毛尖姑娘是清欢寨的。”我把我叔叔托我送笔记本的事对他说了一遍。

“笔记本可以看看吗？”

“可以。”我一边回答一边起身从包里把笔记本拿出来。我担心他会拆开，走到他面前，蹲下来，拿着给他看。

“我的眼睛不好，认不得上面的字，你读给我听吧。”

“贵州省黔南州都匀市阳合乡牧李村清欢寨毛尖姑娘（收）。”我高声念道。

“里面写了什么呢？”

“非常抱歉，我也不知道。尊重逝者，我不能拆开。”

“那好吧，你请回坐。”我把笔记本放回包里，回到座位上，只听他说道：

“你叔叔不会来找现在的姑娘嘛，毛尖应该是和他年纪差不多的。”他说话的语速慢了下来。他把长长的烟袋拿起来，从上衣口袋里掏出一个神秘小工具，清理烟嘴。

“我想下。你喝茶嘛。”说完，他给烟袋装上烟，一口一口吸起来。

他儿子进来给我倒茶，一个 40 多岁的男人，穿一件黑色棉衣，眼睛很小。屋子比之前亮堂起来，雾渐渐散了，窗外的茶树已清晰可见。老人看了看窗外道：

“和我差不多年纪的有一个叫潘油菜的，我们都叫她油菜花。但她自己不喜欢他爹给她取的这个名字，自己就改了名，叫潘茶叶，我们大家觉得这个名字比之前的名字难听，还是喜欢叫她油菜花。她这个名字没有多少人知道。不知道你找的是不是这个人。”

“她去过福建吗？”我想我的叔叔在福建，如果认识油菜花，油菜花应该到过福建，或者说他来过清欢寨才对。

“应该没有，她后来好像嫁出去了，嫁到外地，具体是哪不清楚。”

过了一会，他又说道：

“我说的不是她，嫁出去的这个人不是她。不是，是另外一个女的。”

我们陷入了沉默。火坑里的柴根化成了炭，不再冒烟，火燃得很旺。他抽着烟袋，一副从容不迫的模样，青烟缕缕，升上楼顶。

“现在我大脑不好使了。”他拿开烟袋，叹了口气。

屋子比之前更亮了，我喝了一口茶，伸了一个懒腰，站起身来。移步窗前，浓雾已经散尽，风景这边独好，高山出平湖，群山如影来。茶坡绵延，茶树成行，樱树壮硕。我想春天茶吐新芽，樱花烂漫，那该是多么美妙的画卷。一阵冷风吹来，我转身，只听老人说道：

“想起来了，你要找的人真名应该叫潘小团。她算得上我们清欢寨的寨花。人很好看，哪个男生都想追。但后来也不知道发生了什么事情，男生都不敢追她。她一生没有小孩，应该是没有结过婚。”

“后来呢，她一直在村子里吗？水淹后呢，搬到哪里去了，有晓得吗？”

“水淹后，她没有等到水淹后，没有等到，是的，她没有等到。”老人的眼里仿佛蒙上了一团雾气，越来越浓，挥之不去。

老人坐起了起来，弯腰曲背，双臂交叉于胸前。

沉默片刻，他语气低沉，继续道：

“就在上个月，我去参加了一个葬礼，可惜你没有见到过世前的蒙奶，她可以给你讲讲关于潘小团的许多事，她和她，两个是同一年的。比我小很多岁。”

“是吗？”

“蒙奶是一个非常了不起的人。她的丈夫死得早。她一个人养育了6个孩子。她的茶炒得很好。应该说男的数我，女的数她。她卖过豆腐，开过砖厂，摆过地摊。上山砍柴，下地干活，打米种苞谷，样样在行。”

他没有继续往下说，抬头看了看窗外，双眼湿润，提高嗓音感叹道：

“人这辈子说起来真是没有意思，忙忙碌碌几十年，什么也没有得到，什么也没有留下，光溜溜来，光溜溜去。蒙奶虽然养育了一堆孩子，但她走时，都没有在身边，好可怜的。”

火燃得旺旺的。他的脸像小孩的一般红润起来。他坐下来，点燃了旱烟，深深地吸了一口，继续道：

“潘小团改名的事是蒙奶告诉我的，那是在小团死后。蒙奶说她年轻时，不喜欢小团这个名字，要人喊她毛尖。但大家都喊惯小团了，所以大家都只记得她叫小团。小团是在夏天走的，有人说是不小心摔下了悬崖，有人说是她自己跳的，事情过去太久了，一点都记不起来了。”

我忍不住问了一句：

“她的家人呢？”

“家人？”

“嗯。”

“她没有家人了。他父母就她一个女儿。她父母早不在了。”

老人说完后，一脸疲惫，他喝了一口茶，倒在竹椅上休息。不过，他很快又坐起来，补充道：

“印象中，还有一个就是她是村子里唯一会摆茶席的人。也不晓得她从哪里学来。清欢寨的人只是种茶、吃茶、卖茶，哪又知道茶席呢。但她会，我记得，那个时候，她经常在院子里摆，小娃经常去围观。”

他话音刚落，他儿子突然道：

“我想起来了，我们小时候她教过我们唱过歌。”他儿子说突然说道。

“我们叫她潘老师。晓得她学名叫潘小团，家名叫小团，但她还有毛尖这个名字，从未听说过。她应该没有结过婚，她父亲死后，她在归兰山上搭建了一个小木屋。她一直住在上面，村子里去过那的人回来说，她一天到晚在一块布上摆茶弄水，自言自语。后来人们都叫她茶席疯子。”

“归兰山上的那个小木屋还在吗？”

“早都不在了，你想想，这都是多少年前的事情了。”

我想说点什么，但终究没有开口，屋子里又是一阵沉默，他的儿子给我们都加了一点茶。老人突然起身端起杯子喝了一口茶，说道：

“潘小团是清欢寨的一个谜。”他的语气里包含着无限疲惫。

老人说完这句话后，他让他儿子把椅子放下去，放到最平的位置，他躺下，闭目养神。我不好再打扰，起身向他鞠躬，谢过他，走出门来。他儿子要留我吃饭，我看天色还早，再次谢过，离开了他们家。

很多事情在时间的长河里，永远成谜。潘小团是清欢寨的一个谜。我们每个人何尝又不是呢？这个笔记本怎么办？我是带回去，还是留在这里？留在这里，我又放到哪里？到底里面记录了什么，我今天所听到的毛尖是不是叔叔要我找到的那个毛尖？我好几次想打开看看，到底里面写了什么，但我最终还是尊重逝者，终究没能打开。

下午，我来到淹没清欢寨的清水湖。

天气阴冷，浓雾弥漫，水上如梦似幻。看不清这湖有多大，这水有多深，清欢寨遗址大概在哪个位置。好心的钓鱼人告诉我，每年3月这里最好看，高峡出平湖，岛上千树万树桃花开，漫山遍野皆春色。

站在湖边，我准备把笔记本沉入水中，但就在笔记本即将入水的那一刻，我决定打开看看。拆开包装纸，笔记本露出真面目。外壳斑驳。内页纸张泛黄。文字依稀可辨，行文干净有力。我轻声阅读起来：

6月25日　雨　清欢寨

酒厂放假，我和同事去登归兰山的主峰，走着走着，就和他们走散了。我迷路了，费了好大劲，才走下山来。还好，在下山路上，我遇到了一位当地人。他让我搭乘他的马车。我说我要回城。

“天快黑了，你如果和我去我家，明天你回城很不方便，你就在前面的清欢寨住一晚吧，明天走半小时的路程，就可以到公路上乘搭乘马车到都匀城。”他说。

马车前行不久，茶树漫山遍野，一坡又一坡。茶树生机勃勃，一眼望不到头的绿。茶坡上空无一人，几缕夕阳滞留在山路上。

当地人的双眼一直在眨，好似眼睛里进了什么东西。他的嘴皮好厚，有如花瓣重叠。人看起来很面善。我谢过他，很快就在一个路口下了车。

“顺着这片茶山往上爬。不到10分钟，到了山顶，你会看到一个寨子就在山下。人家都是木楼，只有一个白色的临时建筑，你找到它，可以到里面住。那是收茶人修的，里面家具齐全，任何人都可以住的。”

他赶着马车继续前行。车轮碾过碎石路的声音，被马蹄声淹没在太阳的阴影里。

我很快来到山顶。抬眼望去，8栋木楼分布在山脚下。古树高耸入云。一条河穿过村子。河两岸，杨柳婀娜，稻田纵横。晚霞染红天际，炊烟袅袅升起。远看如梦似幻。让我想起《起世经》里描写宇宙的起源：

彼诸山中，有种种河，百道流散，平顺向下，渐渐安行，不缓不急，无有波浪；其岸不深，平浅易涉，其水清澄，众华覆上，阔半由旬，水流遍满。诸河两岸，有种种林，随水而生，枝叶映覆，种种香华，种种杂果，青草弥布，众鸟和鸣。

人到绝处，

必能逢生。

路到尽头，

定有人家。

我不知道我今天会遇见谁，

我也不知道今天会发生什么。

我一直在路上。

我把自己交给荒野，一望无垠；

交给大漠，孤烟无尽；

交给风沙，相拥无情；

交给远方的你，友谊地久天长。

谁不是独自前行，

一路坎坎坷坷，

谁不是翻山越岭，

历经千辛万苦。

有人怀揣梦想，

路越走越直，

有人盲目跟随，

路愈来愈弯。

世无永恒之物，

人无永恒之事。

每一个生命都孤立无援，

每一段旅程都形单影只。

茫茫世界，

处处都是朋友，

匆匆人海，

最难求一知己。

我们都是新的，

就像春天冒出来的新芽，

没有经过什么风雨，

全身上下都透着迷人的气息。

世界于我们也是新的，

就像一江春水，生机勃勃，

前途一片光明。

成人想要的是全世界，

因此成为欲望的奴隶，

痛苦相伴相随。

孩子想要的只有快乐，

因此他们能从细微的世界里

获得无尽的乐趣。

愿你亲戚千万家，

朋友遍天下。

我只愿我的余生能在宁静中度过，

早晨阳光明媚，夜晚繁星闪烁，

有一个人百看不厌，

有一池湖水四季清澈，

有一件事心甘情愿。

人间一趟，

每个人有每个人的使命，

每个人有每个人的事情，

没有谁是容易的。

唯一的不同，在于觉悟。

有人觉悟早点，路是直的，

有人觉悟晚些，路是弯的。

此生无聊，

多见些有趣的人，

多做些好玩的事。

两条河流在一起久了，

难免波涛汹涌。

两个人在一起时间长了，

难免心生厌倦。

温柔的光，

穿过我的房间，

我看见你，

你的千千万万。

我没有特别想见的人，

没有特别想做的事。

只想一个人，

坐在这山头，

看群山静默如谜，

等炊烟袅袅升起。

我的一生，

坚持如一，

只为在喧嚣大地，

心静如水；

义无反顾，

只为在浮华世界，

独善其身。

此生相遇，

本是重逢。

我们应该见过，

在上一世，

或是上一世的上一世，

上一世的上一世的上一世。

你是一座山，

我是一条河。

不是路上没有风景，

是我们已经蒙住了眼睛，

不是沿途不美，

是我们纯洁的内心已经蒙尘。

谁不曾有过远大的梦想，

只是走着走着，

碰了钉子，撞了墙，

身上的伤多了，

心里的痛深了，

锐气渐渐没了，

余生就将就了。

山川悠远，岁月易老。

每一个你都是一首诗，

每一朵云都是故事，

每一个夜晚与白天都散发着生命的光辉，

每一杯酒都是深深浅浅的缘分。

今生我成了旅者，

而你是那位给旅者送行的人。

临行前，你送我一罐茶，

茶罐上写道：

此生相遇，本是重逢。

人生就是这样，

很多时候我们上路了，

却不知道往哪里走，

只是想要一种前行的感觉，

看看沿途野花绽放，

树木摇晃，

希望能到一个无人知道的地方，

大哭一场。

我们的眼睛，

最厉害不是看见了有，

而是看见了没有，

我们的内心，

最强大不是能承受有，

而是能接受无。

有，是世界的假相，人生的表相，

无，才是世界的本质，人生的真相。

一切本不存在，

只是我们被外界左右，

内心被欲望捆绑。

我们所见即非所见，

所得即非所得。

世界本是空无，

你我亦不存在。

一只会唱歌的鸟，

飞到我窗前，

告诉我即将告别最美的季节。

风儿轻轻吹拂金银花的脸，

江水依然如昨清澈。

你离开的那一刻，

我闭上眼，阳光灿烂，

我看不见。

朝山下走去，景色是那么悦目，那么友好。这个世外桃源般的村庄，让我感到以往从未有过的醉意和幸福。

走进村庄。家家干净，户户整洁。户户门前种植有桃树，家家门口有李树。桃李枝繁叶茂，硕果累累。户户后院有竹林，家家后院有溪流。竹子高耸，清风拂过，声如天籁。溪流清澈，弯曲绵延，鱼虾成群。

一孩子光着身子骑牛走来，我上前问他：

“小朋友，白房子怎么走？”

孩子摇头。我继续前行，走到村庄尽头也未发现白房子踪影。正踌躇之际，一好心村民见我这一身装束，知道是外地人，主动询问：

“亲戚从哪点来，找哪家？”

“从都匀酒厂过来。我和同事到归兰山玩，因为迷路与同事走散了。听好心的赶马人说，这里有一栋白房子是茶人建的，可以到里面住宿，一路找来，并没有看见。”

“哦，茶人修的白房子，在前不久被大雨冲毁了，你到我家住吧。我姓潘。”

“那太感谢了。给潘叔叔添麻烦了。”

潘叔叔面容和善，满脚泥泞。他赶着鸭子在前面走，我跟在他身后。晚霞已经消散，村子将被黑暗淹没。

走不远，来到一座吊脚木楼前。潘叔叔把鸭子赶进楼下的鸭舍，招呼我上木梯进家休息。

“停电了，我们这里经常停电。”他一边说，一边进屋，很快点亮了煤油灯。屋里有一张木桌、五把竹椅、一个碗柜。桌柜干净，椅子整齐。

“你坐一会儿，我去弄饭。”潘叔话音刚落，正准备转身，门口传来女声：

“爹，你哪个时候回来的啊？”

“我才进门。家里有客人。你来打个招呼。”

“我女儿，小学的代课老师。”潘叔叔对我说完，朝厨房走去。

“欢迎到我家做客。”女声甜美清脆。

人未到，声先至。声音落下，她推门进来。她和我差不多年纪。满脸是笑。眼神温柔。黑色的头发在油灯下，闪着铜的光泽，有如飞瀑，垂到臀部。她脚穿绣青布鞋，蓝色上衣及膝，佩戴绣花长围腰。全身上下，透出一股柳树新芽般不染尘埃的气质。

她打开水壶，给我倒了一杯水。转身就开始忙个不停。整理碗柜，擦桌子。一边做，一边和我聊天。

“我喜欢别人叫我毛尖，就是都匀毛尖的那个毛尖。你叫什么？”

“我叫云久，白云的云，久远的久。”

“云久，这个名字很阳光。感觉白云飘荡，长长久久。我从小在清欢长大，还没有去过归兰山顶呢。爬到山顶的路好走吗？”

“不好走，各种乱七八糟的植物长得比人还高。”

“那你们是怎么上去的？”

“用刀砍出一条路来。”

“是你还是你的队友？”

“我们都有做。”

“你的朋友们现在在哪呢？”

“不知道。”

“他们知道你在这里吗？”

“也不知道吧，我们走分开了。”

“他们会担心你吗？”

“不会。”

“明天上班吗？”

“不上。调休一周。”

“如果是这样，你没有必要明天一早就离开，可以在这里多玩几天。我朋友明天下午到，他从杭州来。他们家开有茶馆叫听香，就在西湖边上。他这次来要教我布置茶席，其中一个点我们就安排在归兰山。你到归兰山冒过险，到时候你可以帮我们当向导。”

我一时不知道怎么回答她。内心兴奋无比，又不想让她知道。我很乐意收到她的这个邀请。因为我从听到她声音的那一刻起，就莫名的激动。见到她的第一眼，就希望能和她待在一起。时间越长越好，我想我一辈子都不会厌倦。但我回她的话却是：

“这不太好吧？”

“有什么不好的，就这样定了。你又多认识一个新朋友，这也算是不虚此行。”她笑道。

这个夜晚无疑是最美妙的。长这么大，头一次和女生喝酒。她爸爸因为身体原因不能陪我喝，她主动请缨，和我喝。酒过三巡，我们酒话连篇。

“其实，我们认识很久了哈。”喝了一大口，她说道。

“真的吗？之前在哪见过？”

“我爸爸一直都喝你们的酒，好多年了，几乎每天都摆到桌上，你说我们是不是认识很久了？”

“哈哈，原来是这样，是是是，我们是老朋友了。喝喝

喝。女人天生半斤酒。你要多喝点。”

“再能喝，也喝不过你啊，你在酒厂上班，天天在酒味中度过，对酒都有免疫力了。”

“我其实也是刚到都匀酒厂不久，酒量还不行。”

“你在酒厂做什么工作？进酒厂是不是都得训练酒量？”

“我在厂里，现在主要负责守酒窖。我的前辈对我要求很严格，说是要做一行爱一行，做一行要懂一行。现在是酒厂的人了，就要懂得酒，要懂酒，就要会喝酒。还要会讲酒。”

“讲酒？”

“是啊，讲酒，就是要向别人介绍匀酒是从哪里来。”

“匀酒从哪里来？到哪里去？”她喝了一口，学我笑问道。

“匀酒起于明末清初张氏酒坊自酿的匀茅，1950年正式建厂规模酿造。是贵州老八大名酒之一。”我一本正经道。

“你这个宣传太呆板，依我说路要匀着走，酒要匀着喝，匀酒就是匀出来，大家一起喝的酒；事要匀着做，酒要匀着喝，一个匀字，藏着处人处事大智慧，喝杯匀酒，精彩人生。这样说太深奥了，还是直接说匀酒就是一个叫云久的守窖人守候的酒。”她笑得前仰后合。

她笑毕，又对我说道：“守酒窖，这是什么样的工作？”

“简单而言就是酒厂会烤有好多基酒，基酒会存放在一个地方，那是酒厂的宝贝，得有人去守啊。我就是负责这个事情，每天面对的就是那些坛子，圆鼓鼓的大坛子，无聊透顶。”

“我倒是觉得很好玩，每天可以对那些坛子说话。”

“你喜欢？”

“很想去看看。”

“好啊，你要想去，我随时可以带你去。”

“好啊，有时间一定要去看看。那么多坛子摆在一块，应该很壮观。”

虽然没有灯光，也没有星光，但因为内心有了美梦，一切又都是阳光明媚，星光灿烂。

她睡了吗？她在想什么呢？我好想知道。刚才吃过饭，好想和她坐下来，听她讲讲学校里的事情。但村子有早睡的习惯。洗漱后，潘爸爸就安排我到楼上睡了。

我在心里，轻轻呼唤了几声“毛尖”，才闭上眼睛。毛尖，那是她的名字。我觉得这是距今为止我听到的最最动听的名字。

夜半。从梦中醒来，鸡鸣四起，天还未亮。梦境还历历在目，真实不虚。

那里没有光，我是打着手电带毛尖进去的。她从未见过这么多酒坛，安安静静地躺在地窖深处。坛子上、地上、地窖墙壁上、顶上，像是洒满了棉花球，让她无限好奇。她伸手去摸。

“我以为是蜘蛛网结的灰尘，不是，你看我的手干干净净。这到底是什么呀，你守酒窖，啷个这么懒，也不打扫干净。”

“那不是脏东西，那是酒分子酝酿的微生物。”

“酒疯子？你说的是你吗？”她发出了一阵爽朗的笑声。

“酒分子，分数的分，孔子的子，我们守窖人叫它酒苔。酒好，会呼吸，才会长这个。”

“真神奇。”

“吁，每一坛酒都有标号。19X5年9月3日。是哪一年不是很清楚，这个数字不是很清楚。”她拿起她面前那坛酒上的标签说道。

“那是那坛酒的出生年月，这里的每一坛酒都是基酒，都不年轻。”

“基酒？基酒和我们喝的酒有区别吗？”

“基酒指的就是基础酒，是没有进行过任何勾兑的原始酒液。我们厂里有“12987”口诀：‘端午踩曲、重阳下窖，一年一个生产周期，两次投粮，九次蒸煮，八次发酵，七次取酒。’‘刚刚产出的基酒，不适合直接饮用，需要在特定环境中储藏至少5年以上，自然老熟，挥发掉酒体中的有害物质，时间越长，基酒越纯，也就更加稀缺。基酒度数有点高，即使经过贮藏仍然有60度左右，所以必须勾兑进行降度处理，才更适合饮用。从基酒到成品酒最重要的一步就是勾兑。勾兑时需要按香型标准，把不同轮次、不同口感、不同味道、不同酒度、不同风格特点、不同酒龄的基础原酒进行取长补短，各取所需地优化组合，达到各味协调。在这个过程中可能要用到几十种甚至更多的基酒呢。”

“我还以为我们喝的酒就是这些酒直接装瓶的呢，原来还要经过这么多工序。今天算是长见识了。”

这是我上班的地方，一栋老房子，地上地下，堆满了坛子，酒厂最值钱的就是这些宝贝。她说她佩服我，要是她在里面上班，她一定是醉的，每天都晕头转向。

从酒窖出来，天已漆黑一片。我和她离开酒厂，一路朝城区走去。进入市区，人家已经睡熟，街上没有一个人。我们俩经过石板街，月光铺在石板上，像上了一层釉。她停下来，翩翩起舞，一屁股坐在地上。

“我想喝酒。”

我递酒给她，她咕噜喝掉了半瓶，剩下的半瓶，我倒进我的肚子里。

“异乡人，我以前觉得茶好喝，现在和你在一起觉得酒好喝。”她笑。

拿起另外一瓶酒，我们两个就这样一路喝一路走，来到百子桥时，已经酩酊大醉。星河灿烂，剑江奔流。朦胧的月光下，只见有两个少年在水中，玩得正欢。我们俩摇摇晃晃，像风中的杨柳。

“喂，百子桥说的是这桥上有一百个孩子吧，我如果嫁给你，我要给你生一百个孩子。要不要，你说，要不要？要……不……要，要……不……要……”她倚靠栏干，用唱腔问我，我从梦中惊醒过来。

6月26日 晴 清欢寨

我闯祸了。今早。

我和毛尖去挑水。水井就在村口，那棵百年柳树下。我以为我能行的。不就是挑水吗。虽然我从未挑过。但当我从她肩上把担子往我肩上放，走不了几步，我就觉得肩膀疼得不行。两只水桶一直在摇来晃去，我努力使它们平衡。

走不到100米，我被一颗石头绊倒了。我一屁股坐在地上。扁担从肩膀滑落，水桶掉下，往路边滚去，破成四半。引来一阵笑声。

毛尖笑得前仰后合。一起和她笑的还有村子里挑水的其他人。我没有受伤，水桶却没有了。我向她道歉。

“没有关系，你没有伤到就好。”她捡起扁担，对我说道。

她虽这么说，但我却高兴不起来。我觉得我在她心里，该是一个多么无能的人。

午饭后，她带我去参观她任课的学校。与其说是学校，不如说是一个教学点。因为只有不到10个学生。一间小屋子里，挤满了两块黑板，5张桌凳。

“一年级有三个，三年级有两个，五年级有四个。”

“你一个人怎么教？”

“我们有两个老师。我是代课老师，教一年级。另外一个老师教三年级和五年级。其实我读的书不多，主要是教他们唱歌和跳舞。”她很自豪地说。

“什么时候放的假？”

“上一周。”

"什么时候开学呢？"

"还早着呢。要到8月底。9月我要去参加考试，我想成为一名正式的老师。"

"你很聪明，应该能考上。"

"不晓得。努力吧。反正我喜欢和孩子们在一起。"

她的朋友是下午3点左右到的。她自己去山顶接他回来。没有叫我一起去。但当我下楼，我明白了，她所谓的朋友可能是她的恋人，他们俩实在太般配了。那个男生高大俊朗，气质高雅，看起来满腹才华。

"很高兴见到你。"他主动和我握手。而我呢，再次出了洋相，因为尿急，慌里慌张地下楼。我们握过手，他不动声色地跟着我来到门口，悄声在我的耳边说：

"以后，出门记得拉上裤子拉链。"

我的天，羞死人了。幸亏刚才她在厨房。

我从卫生间出来，他站在院子里看风景。他对我说道：

"兄弟，怎么称呼你？我叫余麦，刚满25岁。"

"23岁，姓云名久。"

"白云的云，长久的久？"

"嗯。"

“你若记不住我的名字。你把门口的这块稻田，想象成一块麦田。一半麦子被收割了，一半麦子还在。我就是那一半剩下的麦子。”

听他这么说，我忍不住笑起来。这个人真有意思。我想我这辈子有一天会把自己的名字忘掉，也不会忘掉余麦这个名字。当然心心念念的还是毛尖。毛尖和余麦，他们俩真的是一对吗？

我希望不是。

一整天，这个问题一直困扰着我。

下午，余麦把水挑回来，很轻松。我越来越觉得自己是一个没用的人。简直就是废物。我的心里打起了退堂鼓。我想我应该早点离开这里，不要再在这里丢人现眼。

寂静笼罩四野，村庄沉浸梦乡。

余麦已经睡着了，月光穿过窗户在他脸上停留。眉清目秀，轮廓分明。他的帅气让我失去自信。

“余麦哥。”我的耳畔不时会响起这个声音。这是今天毛尖无数次叫余麦的声音。如水甘甜的声音。我对余麦心生妒忌。

现在是几点了？我不知道。潘叔的呼噜声不时从楼下传来。他今天一定很累吧，我想。毛尖的母亲走得早。他一人拉扯毛尖长大。我从心里佩服这个男人。顶天立地。

余麦翻了身子。我以为是我打开的手电筒光影响到他了，赶忙关掉后，躺回床上。

6月27日　小雨　清欢寨

听见毛尖的声音，看见她活泼灵动的样子，我又决定留下来。我想即使她是余麦的女友，我也要找个机会向她表达我真的很喜欢她。她怎么想，那是她的事。不把这个说出来，我一定会后悔一辈子的。

贵州的天气好怪，昨晚还月朗星稀，今早却已细雨绵绵。余麦说今天要去山上布置茶席的，但这多半泡汤了。我睁开眼睛没有看到他。这个家伙，去哪了呢？我正纳闷，只听他推门进屋说道：

“潘叔，外面的雨点不小，您出去最好穿雨衣。”

“好嘞，你起这么早啊。”

“习惯了，每天跑跑步。”

“好习惯。昨天没有问你，今年的春茶好卖吧。”

“好卖，阳春三月，我们来带走的那些都卖完了。这次来，我爸爸还专门交代我，要我再买一些带回去。”

“好啊。我家里没有了。这两天帮你问问寨友，让他们帮你弄点。”

“太谢谢潘叔了。价格都好商量。只要茶好。”

“不用客气。知道的。”

“小团在给你们弄早餐。那我先出门了。”

“好的。潘叔，您带好雨衣。”

小团是谁？我一头雾水。正寻思呢，只听见楼下余麦道：

“小团，家里有雨伞吗？”

“嗨，不是让你叫我毛尖吗？怎么又叫小团了。”

“噢，抱歉。我又忘了。”

“我喜欢毛尖这个名字，不喜欢小团。”

“为什么呢？我春天来时，你没有说呢。”

“那现在给你说说吧。不过，你刚才喊错了，我罚你帮我烧火。”毛尖口气里带着几分淘气。

“没有问题。我洗脸马上就来。”

我打算起床了，但又想在楼上偷听他们俩说话。索性又缩进了被子里。

听见余麦洗好脸走进了厨房。

“火，你应该会烧了吧？春天你来时，我记得我教你烧过的。”

“忘得差不多了。如果我烧得不好，愿意听潘老师教诲。”

“嘿，说什么呢？我可当不了你的老师。”毛尖一副得意洋洋的口气。

“三人行，必有我师。你在很多方面自然是我老师。比如炒茶，比如烧火做饭。”

“我可不喜欢你叫我老师。”

“那喜欢我叫你什么？”

“毛尖。”

“好吧，毛尖老师。”

“嘿，又来了。哎呀，糊了糊了，把火放小点。”

“遵命。”

一阵咳嗽声传来。

“可以了吧。”

“可以了。就这样。”

“小团这个名字挺好听的，为什么要我叫你毛尖呢？”

“先说为什么不喜欢你叫我小团吧。小团是我爸爸的一个朋友帮取的。我小时候去上学，同学们一听到老师叫潘小团，总是哄堂大笑，丢死人了。”

“为什么会笑呢。”

“你想哈，团，在我们这边是怎么用到的呢。饭团，毛线团，泥巴团，头发结成团。团给人的感觉就是像一个球那种圆滚滚的东西。特别逗人笑。不知道你长啷个样子的人，听到小团这个名字就会想，这女孩一定是又矮又圆。知道长什么样的人，会说，哎呀怎么取这样一个名字啊，和你的模样多不配啊。”

“哦，原来是这样，可毛尖是指茶叶啊。”

“茶叶好啊，谁不喜欢都匀毛尖茶呢，我希望我不讨人厌，所有的人都喜欢我，尤其是我喜欢的人。想来想去还是毛尖这个名字好。当然我为什么要给自己改这个名字，更重要的与你有密切关系。”

“与我有关系？”

“是啊。”

“为什么呢？”

“这个得保密。选个良辰吉日，花前月下，再告诉你。”毛尖说这话时，声音从高到底，话中带羞。

“什么秘密，说出来，还需要良辰吉日。你真有意思。对了，这两天，你估计天会晴吗？”

“当然，上一周是暴雨不断，这一周应该会放晴了。归兰山这个名字很好听，好期待一睹真容，为什么会叫这个名字呢？”

“‘归’在我们水族的语言里指的溪流两旁的山峰，

'兰'指的是溪流，归兰山的意思就是奇峰环抱，清泉穿行其间。我没有去过山顶，矮些的地方倒是常去。"

"名字有深意。整座山脉看起来险峻，我们上去，需要请一个向导吧？"

"不用，云久刚去过，他可以给我们带路。"

"对，我们三个去就好。"

"噢，对了，云久还没有起床吗？"

"我起床时，他还在睡呢。"

"叫下他吧，早饭弄好了。"

为了不让他们知道我醒着，在偷听他们说话，我装着闭上了眼睛。但这样做，我又觉得没有必要，因为我想余麦肯定会在楼下叫我的名字。但随后我很快听到余麦爬楼的声音。余麦轻手轻脚地走到床前，轻声道：

"云久，云久，起床吃早餐了。"

我睁开了眼睛，用手揉眼睛。一骨碌爬起来。

"不好意思，一觉睡到现在。"

"你睡的样子，真好看。下面等你哈。"他用欣赏的口吻说道。

余麦真是一个很有教养的人啊。说话做事总是给人温文尔雅的感觉。如果是余麦晚起，毛尖让我叫他，我肯定不会亲自上楼，直接在楼下大叫：

“余麦，吃早餐喽。”

早餐后的事，更让我觉得无地自容。和余麦比我会什么呢，会什么呢？简直是一无是处呢。他简直是一个完人，完美无缺的人。

吃过早饭，雨停了，推开门，眼前一片朦胧，看不清山，看不清水，浓雾笼罩四野，大地如梦似幻。远处人家录音机传来谭咏麟《爱情陷阱》的歌声。

余麦搬来一张木桌，摆在桃树下，搬来三张凳子，围在四周。

“你平时喝茶吗？”余麦问我。他脸上总是挂着挥之不去的笑容。

“不，从来不喝。”

“天气不好，我们出不去，今天就在家里喝茶吧。麻烦你去请毛尖帮我烧一壶水。”

“好的。”

我转身进门。毛尖正在厨房刷锅洗碗。火光把她的脸映得白里透红，有如婴儿。我一声不响站在柱子下，痴痴地看着她，忘了余麦交代的事。直到她转身看见了我：

“吁，吓我一跳。你这是干吗。”

我面红耳赤，不知如何是好，只听见余麦在我身后道：

“我让云久来请你帮烧一壶水，他可能怕打扰你洗碗吧。”

或许，余麦已经看到了一切。不过，真感谢他替我圆了场。

“起床后，你一直在厨房忙碌，你到院里休息一会儿，水就交给我和云久来烧吧。”余麦对毛尖道。

“好啊，我倒要看看你们俩到底能不能把水烧开。”毛尖笑道。

什么时候往灶孔里添柴，柴如何架在灶孔里，才会燃得更旺。余麦手把手地教我。按照他教的方法，柴在灶孔里燃得噼里啪啦，火很旺。不大一会儿，铁锅里的水烧开了。余麦把水舀入温水壶。我们一起走到屋外。

鸟声不绝于耳。雾来得快，也去得快，远山淡影，四野碧绿，尽收眼底。

毛尖不在院中，我正寻思她到何处时，忽听见竹林里传来她的声音：

“余麦哥，茶席上的花，主要用什么颜色呢，黄色的可以吗？”

毛尖一边说一边从竹林里钻出来，右手握着一束野花，红黄紫三色。

“都行，都行，不过用不了这么多呢。”

“噢，我还以为不够呢。”

之前我进屋时，桌上空无一物。桌旁放有一袋东西，现在袋子空空如也，挂在竹栅栏上。桌上已经铺上了一块蓝布，布上绣有小鸟、花草。香炉，茶壶，茶杯，装有茶匙、茶则、茶针、茶夹的茶筒等摆放在桌布上。

“这花好香，余麦哥，你闻闻。”毛尖走过来，把花放到余麦的鼻尖。

“确实。云久，你闻闻。”毛尖把花放到我的鼻尖。

“这是什么花？”我问毛尖。

“我只认得野蔷薇一种，其他两种我叫不出名字。”

“哪一种是野蔷薇呢？”

“粉红色的那个。”毛尖说完，把花轻轻放到桌上，快速走进屋子。不大一会儿，只见她拿一包东西走出来说道：

“这是我亲自炒的茶，给你们尝尝。”

余麦刚点好香，转身道：

“好期待。”

他们俩忙前忙后，乐在其中，我则站不是坐不是，不知道要干啥。见到余麦扭头回来往桌下寻找什么，我从地上捡起一颗石头递给他。

“嘿，我们真是心有灵犀哈。桌子不稳，我找一块石头垫下脚。”他接过石头道。

我对他笑了笑，心想要是他是毛尖多好。毛尖要这样对我说，我保证今天多吃两碗饭。

毛尖把茶叶包放在桌上，打开。只见茶叶色泽绿中带黄，外形白毫显露，条索紧细，卷曲似鱼钩。

“余麦哥，你闻闻。”

“嗯，真不错。”余麦说完，把茶叶递给我。

“这个味，之前从未闻到过，好清新的香。”我实话实说。

“颜色、形状和香味倒是不错。品质怎样呢，我们待会儿泡来看看。现在我们先来布置茶席。今天我们茶席的主题是春暖花开。我需要一个透明的玻璃瓶，插这束花。”

“玻璃瓶家里没有，用竹篮可以吗？”毛尖道。

“竹篮。可以的。”

毛尖起身跑进屋里，很快拿来一个小竹篮。

“这是小时候我爹为我编的，好看吗？”

“真精致。用瓶子、盆或是碗插上少量花枝，点缀茶席，提升饮茶情趣，这就是茶道插花。茶道插花源自唐宋文人雅士，后来在明代盛行。”余麦接过竹篮说道。

男生玩花，长这么大，我头一次见。我站起身来，假

朱瑞製

我放下一切，

一切热闹，一切匆忙，

只为与你一起发呆，

在水岸，在山间，

看碧波若画，花开成海，

红红的樱桃落下来。

人生有无限可能，

可能好，可能坏，

可能一败涂地，可能功成名就。

但结果并不重要，

重要的是，你活过，并活在当下：

爱并得到爱；

做自己喜欢的事，并能沉浸其中；

喜欢阅读与旅行，

并对山川河流的至美心心念念。

我们穷尽一生，

走过千山万水，

真正活过的时光，

也不过那几日而已。

有时候，

你历经千辛万苦，

换来的不过是空无，

有时候，

你，毫不费力，

得到的却是欢喜。

患得患失，一生常态；

忧愁烦恼，相伴一生。

放下，释然，

看破，轻松。

我们之所以

困惑、迷茫、焦虑、无所适从，

是因为不知道为什么活着。

如果明白了生命的真谛，

我们的人生之路就是直的。

谁不是微不足道的活着，

谁不是匆匆忙忙的走过。

谁不是伤痕累累，

谁不是百年孤独。

谁不是在绝望中寻找希望，

谁不是在不幸中寻找幸福。

星河灿烂，手摘星辰，

一夜香睡好梦。

一梦爱情纯洁，

一梦人生欢喜。

月亮不落，我在等你。

活着的意义就是毫无意义。

即使竭尽全力，

我们还是一败涂地，

除了泪流满面，

我们一无所有。

时间会荡涤一切，

世界将焕然一新。

在生命的长河里，

你我不过是墙角下的一只蜗牛，

是多么的微不足道。

过去的已无迹可寻，

现在的一团乱麻，

未来的一切未知。

活着就是一团迷雾，

拨不开，掀不掉。

我们就是那个困在旅途的背包客，

六神无主，前进不是，

后退不得，直到时间尽头。

水因奔腾不息才清澈，

人因前行不止才有趣。

燃一灶火，

烤一锅酒，

祭奠逝去的爱情。

一醉方休，

迎接即将到来的春天，

一切回到原点，

万象更新。

我们的过往是一个黑洞，

越去探究，

越是发现深不见底，

扑朔迷离。

该走的会走掉，

该来的快来了，

如果你心中的梦还在，

请一如既往。

我的世界已进入寒冬，

是你告诉我，

要不了多久，

阳光洒落大地，

春天就会降临。

岁月静好，

光阴无情。

远方不远，

你能看见。

我们仿佛从未相识，

一切有如初逢。

所有的心事都丢给野风，

所有的思念都甩给月亮。

我只要一杯花酒，

一杯白酒，

一杯红酒。

花酒敬太阳，

天地广阔，四海为家；

白酒敬你，

未来已来，旗开得胜；

红酒敬自己，

时光流逝，过往不纠。

人生莫问有无，

世界莫寻空满。

有即是无，无即是有，

满即是空，空即是满。

你所感非你所感，

你所见非你所见，

心造一切，造一切心。

淡定方能从容，

宁静才能致远。

世界好生热闹，

亦好生寂寞。

我好生悲伤，

亦好生欢喜。

世界如锦心如梭，

古朴侘寂如我。

装去上厕所，其实是实在看不惯余麦俯首弄花。不过，几分钟后我返回茶桌，被眼前的布置惊呆了。这哪里是在喝茶，分明是在展示一幅春天的画卷。檀香袅袅。茶桌通过一番调整布置，一切都活了起来。尤其是那一篮花，有如在丛林中的偶然遇见。高矮有序，层次分明，色彩和谐，不多一支，不少一支，与茶具相映成趣，堪称完美。

毛尖和余麦从屋子里走出来，一人手端一盘南瓜籽，一人手端一盘花生米。分别落座后，只听余麦道：

"一块布，一把壶，配上几个小杯子；一香炉，一炷香，一篮花，根据自己的想法，这里弄弄，那里弄弄，营造出自己想要的一个品茶空间，这就是茶席。你们觉得难吗？"

"看起来不难，但实际操作起来，还真不容易。"毛尖道。

"我起初觉得喝茶如喝水，端起杯子一口干了了事。不晓得还有这种玩法。人间处处皆学问啊。要我学，我还真学不来。"我说道。

"云久，你以后会很喜欢的。我一开始也不喜欢弄这个，觉得多此一举，太琐碎，太麻烦。但慢慢接触，觉得这个东西能让自己安静下来。挺好。现在想放都放不下了。当然，要布置好一个茶席，这里面学问太多。茶席就是茶人手中的一张画布，最后的画作，体现茶人的审美。"

“茶席是从古至今都有的吗？”毛尖问道。

“在古代茶文化史料中，并没有茶席的说法。茶席这个词是近代才出现的，但是，古人对茶的追求从未停下过脚步。在唐朝，诗僧与雅士把茶文化升华成了以茶礼、茶道、茶艺为特色的中国文化符号。到宋代，喜欢在山水间吟诗、作画、品茶的文人雅士，用自然艺术品来装饰茶桌。插花、焚香、挂画与茶艺一起被合称“四艺”。现如今，插花、焚香、挂画也常常被我们运用在茶席中。”

“布置茶席有哪些讲究呢？”毛尖一副专心致志的样子，眼神里充满了对余麦的崇拜。

“茶席体现的是茶人的内心世界。在工作时，一壶一盏，即为一席。生活中，一场茶席的器物一般由两部分组成：一部分是具有实际冲泡、品饮功能的器物，包括煮水器、泡茶器、匀茶器、茶盏、盖置、盏托、茶则、茶匙、水盂、茶巾等；另外一部分是点明茶席主题、加深审美体验的装饰物，包括席布、花器、香器等。茶席有繁有简，根据场景、主题甚至人的心情而定。繁可花尽心思，器物俱全，场景精美；简也能一壶一杯，月下独酌。我们知道自然界美的造型多是曲线构成的，比如山川，比如河流，比如树的枝桠。茶席的美在曲不在直。我们今天的茶席布置高矮错落，排列岔开，正是遵循这个原则。要是一字排开，排成一条直线，会感觉怎样，是不是太呆板，反而没有了灵动的气息呢？”

余麦一边说，一边把杯子排成一排，整个茶席给人的感觉一下子变得死气沉沉。

“茶席是表现茶道精神的场所。茶席的美，是视觉和心灵的碰撞，刻意摆不出来，要用心去布置。茶道是一门大学问，布置茶席有很多讲究。一口茶汤解渴意，一抿茶香至清雅。为了这一口享受，一方小小的茶席器物齐全，杯盏错乱间主次有序，充满仪式感。有时候茶席就像是一个局。局外人抬眼看看，不过如此，而真正踏进去了，不下一番苦功夫，很难出得来。此番功夫，关系到的东西实在太多。但最核心的，还是茶。没有茶，再好的器，再美的席，再美的花花朵朵，也毫无意义。好了，我们来泡茶，品品潘老师炒制的都匀毛尖。”余麦的语气里带有一种居高临下的自豪感。

“哟，怎么又叫我潘老师嘛。我是余麦老师的学生毛尖毛尖毛尖毛尖。”毛尖学着猫叫的声音娇羞地说道。

“特别更正，我们毛尖老师炒制的都匀毛尖茶究竟怎么样呢？”余麦用左手整了整自己的衣领，一本正经地说道。话音一落，他用茶勺舀了一勺茶轻轻放入茶碗中，加入开水。很快把开水倒掉，然后端起冒着热气的茶碗放到鼻子下，闭上眼睛，深深地吸了一口气，一副很享受的样子。他随后把茶碗递给我，示意我也以同样的方式闻茶香，我闻过后，把茶碗递给毛尖。毛尖也以同样的方式闻过后，把茶碗递回给余麦。

“喝茶从闻茶开始。云久，你感觉怎么样？”

“我是茶盲。我只懂酒。你要品酒，我能说出一二三四，说茶，我半个字都讲不出来。”

“说说你的感受就好。”

“我的感受就是有一股清香，不浓烈，淡淡的。”

“毛尖呢？”

“香气不如我爸爸炒制的浓。”她把尾音拖得长长的，让我想起婚纱裙摆。

“尊重自己的感受，这香气我很喜欢，淡雅相宜。好，我们冲一泡试试。”余麦话音刚落，很快把开水倒入玻璃杯中。一片片细芽在水中舒展开来。

我偷看毛尖，她的嘴角划过一丝自豪的微笑，双眼盯着余麦，含情脉脉。妒意从我的内心深处升起，余麦的一举一动让我五味杂陈。既生瑜，何生亮。要是此刻我能有魔法，那该多好，有泡茶那一身武艺的是我，余麦只有靠边站的份。我的白日魔法梦还没有做完呢，只听余麦道：

“都匀毛尖干茶色泽绿中带黄，汤色绿中透黄，叶底绿中显黄。这三绿三黄彰显了都匀毛尖的个性。要欣赏到都匀毛尖的汤色之美，我们最好用玻璃杯或者白瓷盖碗。玻璃杯可观察到芽尖冲向水面，如春笋出土，似金枪林立，美妙绝伦，随后芽片徐徐下沉，缓缓舒展，轻盈游动，如仙女下凡。”

余麦一边说，一边把玻璃杯的茶汤依次倒入我们的茶碗里。他端起来抿一口道：

“鲜爽回甘。好茶。毛尖你不愧生在茶人世家，很有天赋。祝贺你。”

“谢谢老师夸奖，我会再接再厉。”如果之前毛尖的笑是含苞欲放，那此时此刻则是灿烂若盛开的鲜花，脸上洋溢着被敬仰之人赞誉之后的幸福。

“‘细雨斜风作晓寒，淡烟疏柳媚晴滩。入淮清洛渐漫漫。雪沫乳花浮午盏，蓼茸蒿笋试春盘。人间有味是清欢。’苏东坡说得好，人间真正有味道的还是清淡的欢愉。毛尖你们这个寨子取名清欢，实在是神来之笔。”余麦端起茶杯，眺望远处，轻声说道。

“余麦哥，我觉得你真的太有才了，真的，真的，我太崇拜你了。”毛尖的语气里带有一种低到尘埃里的卑微。

说完茶道、茶叶，又来卖弄自己的文学素养。这人实在太恶心了。我内心嘀咕道。

毛尖进屋去拿小吃。余麦一边给我倒茶，一边对我说道：

“云久，你觉不觉得人的一生，最美的时刻不过这样：古老村落，炊烟袅袅，与自己心仪的人喝茶谈心，一起感受这淡淡的欢愉。在人生的长河里，我们没完没了，没日没夜，做不完的梦，见不完的人，走不完的路，处理不完的事。不慌不忙的时光能有多少呢，至多也不过这样一个上午吧。”他的双眼盯着我，一副老气横秋、饱经沧桑的样子。我觉得他真的好做作。我好想走上前去，给他一拳，揍他一顿，打他个落花流水。但碍于面子，我又不得不说道：

“好像是这样的。呵呵。”我的语气里带有一种不屑一顾的轻蔑。

毛尖端着一盘南瓜子走出屋来，把南瓜子放在桌上，对余麦道：

“世世代代，清欢寨家家种茶，户户喝茶，却没有人懂得布置茶席，更没有人晓得喝茶有这么多讲究。这世上处处都是学问，余麦哥，感谢你今天让我懂得这么多。”毛尖的口气里充满无限感激。

“嘿，我们之间这样说就客气了，春天那一次来，算是初见，这次算是重逢。只要你想了解的，我都给你说，只是茶道是一门大学问，我不过懂得一些皮毛，说得也不好。”

“我要是能懂得你的一小半，我就满足了。”

“我们喝茶难道不是为了身体更好，不是为了解渴？”我的语气里饱含冷嘲热讽。

“云久问得好。但生活总要有点仪式感。我想茶道就是让人喝茶喝出仪式感，通过这个仪式感，帮助内心获得宁静。”

想不到余麦这样回答。我一时语塞。

有鸟飞来，或停站在竹林中，或停在栅栏上，盯着我们看。叫声悦耳。

远处人家的录音机停了，村子宁静如昨，时光仿佛停滞不前。家家户户炊烟升起。有人从山上归来，扛着锄头经过小院，有人牵牛骑马，消失在田野尽头。这场景，好似梦境。

余麦继续沏茶，又说道：

“清欢是个好地方。在春天，没有太阳的日子，总是落雨，无休无止，雨不大，毛毛雨，出去走走，可以不带伞，转一圈回来，头上像打了霜。有太阳的日子，四处亮堂堂的，水里是，田里是，山上是，家里是，没有死角，只能躲在竹林中。我喜欢下雨的日子，望远处，群山朦朦胧胧，瞧近处，人家不清不楚。这个时候，我会有很多想法冒出来，比如是不是有一个人来访，比如突然想画一幅画，比如一下子会陷入过去的某段回忆中，看见那个曾经的自己，那么爱安静，可以几十天不出门，只是安安静静地坐在那，一会儿抚弄琴弦，一会儿抿一口茶汤。”

“你会弹琴？”

“会啊，古琴，只是这次没有带来，不过倒是带来了新的乐器，我是说上次我没有带来的。”他看了毛尖一眼，回毛尖道。

“上次你带来的是吉他。”

“吉他不太好拿，这次我没有带。”

“那这次带来的是什么乐器呢？”

“这个需要到一个特定的地方，用起来才会好。”他看了我一眼。

“什么地方？”毛尖充满好奇。

“暂时保密，到时见分晓。”

午饭后。雷声轰鸣，大雨滂沱。我们出不了门。把茶桌搬到家里，继续喝茶。

余麦又是那一套，好像琴棋书画，没有他不知道的。夸夸其谈，口若悬河。我实在看不下去。我觉得这个人做作天下第一。在这个偏僻的地方，故弄玄虚，不过是为了在毛尖的面前表现自己，赢得芳心。好虚伪的一个人。

今天的日记如果还要继续写，写的还是他，狗日的余麦。还是不要写了。我看毛尖的心都被他俘虏了，为了不让他得逞，我这个灯泡坚决不让他和毛尖单独在一起。不知道为何，我居然会冒出这种阴险的想法来。可是这个想法阴险吗？爱情是公平的，每个人都有追求的权利。我真是一个卑鄙无耻的小人。我恨不得把他踢下床去。这个世界也真是莫名其妙，偏偏我们俩在这里遇到，同时喜欢上同一个人。因为只有一间客房，我们只能睡在一张床上。

“余麦，我的情敌，你滚下床去吧。滚到你们浙江杭州去吧。离我越远越好。”我心里暗暗叫道。

“云久，云久，你听我说。”突然，我听见余麦在叫我。我吵醒他了吗？我内心为之一震。可我细看，他双眼紧闭，呼吸均匀，一副熟睡中的模样。刚才的呼喊，更像是说梦话。若是梦话，为什么是呼喊我的名字呢？我想，说不定他知道我的想法了，提醒我好自为之呢。若是这样，这太可怕了。我赶忙把手电筒关了，蹑手蹑脚躺回床上。可我刚躺下，只听他又说道：“云久。”我答应了他。但起身看他，只见他睡得像一头猪，一动不动。刚才的喊声仿佛来自午夜的幽灵。

無量千萬億大衆諸
菩薩昔所未曾見
願兩足尊說是從
何所來以何因緣集
巨身大神通智慧
叵思議其志念堅固
有大忍辱力衆生所
樂見為從何所來
所將諸眷屬其數

月光从窗外洒落在他的脸上。他的皮肤好白，比我的白一千倍。我的太黑，像是非洲人。若不是俊朗有型，单眼皮、高鼻梁，想必我和他比，真是一无是处。

余麦不再说梦话。月光划过他的脸庞，越过窗户，走向更远的地方。房间暗淡下来。虽是夏天，或许这里燕子多的缘故，没有蚊子。窗外萤火虫飞，忽明忽暗，如梦似幻。远处传来蛙声，此起彼伏，好似演奏交响乐。

毛尖呢，睡着了吗？如果能与她单独到室外走走，月亮走一步，我们走一步，肩并肩，手牵手，到田埂上，任由秧苗的清香划过鼻尖，借着萤火虫光，看看青蛙跃过田坎。那这个夜晚该是多么惬意，多么幸福，多么令人难以忘怀，多么让人回味无穷。

6月28日　晴　归兰山

太阳照亮大地，天空一碧如洗。

潘叔叔赶着鸭子出去了，我们吃过早餐后，前往归兰山。我们三个就像逃学的学生，兴奋异常。余麦走不远，叹道：

“哎呀，瞧我这记性，忘了带相机了，你们看茶园的这个景色多好。”

一路上都是茶园，我已经看不出什么好啦，不过是背光的地方雾气盘旋，有光的地方勃勃生机。我又觉得他开始上演矫情。

他的矫情让我觉得到了无以复加的地步，来到归兰山，我选了很多地方铺茶席，他都不满意。

“不是不满意，是缺那么一点点。”

“一点点也就将就了吧。”

“将就不得。今天我们的主题是‘没有瑕疵的美’。余生太短，将就不得。凡事认真对待，追求完美，留下的每一件东西都是作品，走过的每段旅程都不留遗憾。”

“完全不懂。”我说道。

我觉得余麦就是一个病人。天气闷热，整个人感觉黏糊糊的，特别难受，为找一个喝茶的地方，他还在不厌其烦地折腾。我对他无比厌恶起来。只是毛尖成了他的跟屁虫，他说什么她都觉得是圣旨，跟在身后，“余麦哥，余麦哥”的叫，乐此不彼。不仅如此，还哼起了那个不知道从哪里学来的歌：

青春就是拿来挥霍的

我想给谁
我就给谁
我谁也不给
我就交给山山水水
花花草草

“摆来摆去，不就是喝口茶，至于那么折腾吗？”我在心里嘟囔着。任由他们去，我躺到草地上，仰望天空，闭目养神。

空气沉闷潮湿。过了一会儿，太阳不知去向，白云变成灰云，灰云像军队集结。

我倏地起身对他们吼道：

“好像要下雨了啊。”

“下雨？没有啊，凉爽着呢。你快上来吧。”毛尖站在山口对我说道。

她话音刚落，大雨噼里啪啦打在头上。他们俩嘻嘻哈哈到处乱窜。我正寻思怎么办时，只见不远处有一岩石，像人家屋檐，我朝那里跑去。他们也好像发现了这个地方，也往那个地方跑。

毛尖在前，余麦在后。余麦被灌木绊倒了，坐在地上，毛尖转身伸手帮他擦拭额头上的雨水。那一刻我心里五味杂陈，很不是滋味，心想摔倒在地上的人要是我，那该多好。

来到岩石下，毛尖对余麦嘘寒问暖。一会帮他拍身上的草，一会帮他弄褶皱的衣服，完全把湿漉漉的自己忘到九霄云外。当然也好像不记得还有我这个云久站在旁边了。

我无限妒忌余麦。

雨很快停了，乌云散尽，烈日当空。我们的衣服都湿透了。看周围山形，我想起和同事那天走过的路，沿半山腰前行不久有一瀑布。我建议到瀑布那里去洗澡，把衣服晾干。余麦和毛尖同意了我的建议。

我们沿半山腰前行不到10分钟，听见水声从远处传来，如万马奔腾。翠竹林中幽，清泉石上流，晶莹剔透。泉水两边树木葱茏，顺水声，沿清泉，前行不足200米，只见瀑布好似从天而降，震耳欲聋，水花四溅，落入潭中。潭里石卵众多，大的如钵，小的似碗，圆润光滑，玲珑可爱。潭后有山洞，站在洞口，飞瀑如帘，让人恍惚，有如到花果山福地，水帘洞洞天。

我正寻思该从哪里下水。余麦趁我不备，把我推入水中。毛尖笑得前仰后合，忘乎所以，一不小心，像一只鸭子，滚入潭中。余麦则像一个跳水运动员，一跃而下，一头扎进水里。我在水中站定，还没有来得及把衣服脱下，余麦从水中突然冒起，捧水朝我打来，劈头盖脸，我措手不及。玩水我还算在行，待他洋洋自得之时，我开始还击。两股水流对战，毛尖是唯一的观众，不时在旁边大声叫好。或许是妒忌余麦的才华，我对他心生厌恶，身上升起了无穷的力量，我渐渐占上风，乘胜追击，把他逼到潭边，直到他再无还手之力，抱头求饶。

我把衣服和裤子脱了，甩到石头上。穿着小短裤，一猛子扎进水中，头发身子胡乱洗了一遍，爬上岸来。毛尖已跳到石头上晒太阳，她衣服紧身，乳房凸起，身形娇小可爱。我忍不住看了又看，心跳加速。突然，余麦手拿衣裤，对我高声叫道：

“云久，我们到那边等毛尖。”

我一脸疑惑。只听他又道：

“男女有别，我们在这里她不好弄衣服。”

我反应过来，朝毛尖挥挥手，走向余麦。

我和余麦穿过树林，来到一个山洼处。只见绿荫丛中有一口小水塘，水深至膝盖。溪水倾泻而下，在水塘里泛起涟漪，让人陶醉着迷。水塘的边缘漂浮着一点泡沫，一根瘦弱的干树枝横在上面，挡着腐烂的青草和落叶。

我们把衣服晾晒在树枝上。裸着身子，坐在石头上晒太阳。太阳不如之前热辣，山风吹过，说不出的清爽。我扬起头，洒落下来的阳光打在脸上。余麦默不作声，对着镜子拔胡子。蝉鸣不息，偶尔有鸟飞过，停在不远处，对着我们叽叽喳喳，不过，很快又飞走了。

“人类没有新意，每天过的都是旧日子。夏天虫鸣鸟叫，热闹异常。人间也一样，充斥着各种各样的声音。没有一个白日安静，没有一个夜晚消停。”余麦突然说道。

感觉他在对我说，又似乎在自言自语。我看了他一眼，站起身来。

“云久，你的名字真好，很有意境。天蓝云久，不负峰林水秀。你的身材匀称结实，肤色也很好。”余麦对我又说道。

“有吗？好黑的。”

“黑，好啊，显得更健康。我的太白了，晒都晒不黑。你这个人挺有意思的。”

“我不像你，有知识，有文化，有追求。是个人才。我就是一个混混，对一成不变的生活感到厌倦，就和同事出来乱串。自己没出息，还走丢了。”

“不到20岁，多出来走走，是好事呢。每一次新的遇见，都是收获。不是吗？”

“我羡慕你，有才华，又能干，很讨毛尖喜欢。”我违心赞美他，不过想了解他喜欢毛尖到底到什么程度。

“我。噢，一直把毛尖当自己家小妹。或许之前对她有过那种喜欢，不过这次来，这一点点也没有了。她是自家小妹。对，就是自家小妹。”他很认真说道。

“之前有过，现在没有了，这是为什么呢？”

“谁知道呢。在前行的路上，我们会被新的发现覆盖。”

“无法理解。”

“我也无法理解我自己。为什么会这样呢？或许，我们都像是被流水卷走的树枝，身不由己吧。”

“不说这个了，你打算什么时候回去呢？”他问。

“明天。或者后天。完成这次向导任务我就走。”我回。

“和我去杭州吧。”

“我？”

“嗯。”

我有点受宠若惊。

“我希望你如我：在人生的路上，被新的发现覆盖。”

“无法理解。”

“谁不是在无法理解中度过一生呢。”他的语气中充满哲人的意味。

“你是学哲学的吧？”

“我学的是茶道。”

“从小学习？”

“差不多。我们家世代与茶打交道。”

“我一直很困惑，我不知道我这一生将怎样度过。我没有特别喜欢的事，也没有特别想做的事，很多时候觉得自己一无是处，很无用。”

“不用担心。每个人都有自己独特的美，就像每条河每座山都有自己独一无二的美一样。我们就是那座山那条河，不可能发现自己的美，我们坚持做自己，美让别人来发现。从见到你第一眼，我就觉得你很特别。真的。”

“我很特别？”我笑道。

“嗯。我也说不清楚，反正就是这么觉得。”

“能否告诉我特别在哪里呢？”

“这个阶段我是糊涂的，无法回答你的这个问题。人在有些时候，有了新的发现，就像被电击了一般，无法说清楚究竟为什么会有这样的感觉。”

“无法理解。”

“谁又不是在无法理解中度过一生呢。”他的语气充满了经历人世的沧桑。

“对了，你觉得爱和喜欢是一个意思吗？”我不知道为什么突然要问他这个问题。

“当然不是。爱一个人，可以不惜生命。喜欢一个人，只可能牺牲时间。”他的回答坚定而有力。

“如果毛尖知道你并不爱她，她会哭的。”

“时间会涤荡一切。她没事的。我会给她写一封信。”

我正准备开口说点什么，突然听到毛尖在远处高声道：

“余麦哥，你看对面那座山好像一尊佛哦。”

抬眼望去，毛尖从树林里快步走过来。

“你是一个很有意思的人，我倒是很想和你去杭州看看。”余麦站起身来，准备朝毛尖走去。我轻声对他说道。

“一言为定。”

“当然。”

“好吧。我在杭州等你。”他的眼神里透露出让人放心的真诚。

“谢谢你的邀请。”我笑着对他说道。

目送余麦拿起衣服，朝毛尖走去。我突然觉得余麦没有那么讨厌了。好像我之前对他的厌恶，已经从我的心里一笔勾销了一样。

余麦已经睡去，他今天和我的交谈，一次次回荡耳畔。我想我误会了他，他不是我的竞争对手。我虽然一无所有，但我可以去爱一个让我动心的女孩，起码可以大胆地向她表白。

夜晚澄清如水，繁星满天。我站在窗前，凝望远方，稻田隐没在田野深处，群山静默无言，一切都显得单纯，令人心安。我幻想着未来。我想我将在此定居。毛尖成了我的新娘，我们的孩子成群结队，早晨被鸟叫声唤醒，夜晚在蛙声里入眠……我们过上了称心如意的幸福生活。

6月29日　阴　茶山　清欢寨

夜晚漆黑如墨，伸手不见五指。蛙声从远处传来，此起彼伏。余麦已经睡着了，毛尖和她爸爸应该也睡着了。

我从枕头下摸出手电筒，掏出笔记本，一如昨日，继续写日记。

“云久，云久，你过来。”我的耳畔想起毛尖的声音，这是在茶山上，她有了新的发现，让我去看。

“我敢保证，你肯定吃不下这个。余麦都被它打败了。”我穿过茶树，走到毛尖跟前。她神经兮兮地对我说道，右手指着地上的红叶子植物。

“你是说这个东西也能吃？”

“当然，这是鱼腥草，我们叫它折耳根。可以凉拌，可以炒肉，四川人吃叶子，我们贵州人吃根。”

“你们能吃，我自然能吃。”

“话可不能这么说，很多外地人，可是吃不下的。”她的嘴角掠过一丝得意的微笑。

“我一定行。”我想在很多方面我不如余麦，在吃上面总不能也输给他吧。”

“爹，爹，锄头给我，我挖折耳根。”毛尖把手放到嘴边，合成喇叭状，朝山那边高声喊道。

随着一声回应，潘叔叔很快出现在山梁上。他肩挎竹篓，竹篓里是新摘的茶叶，余麦跟在后面。他们朝我们这边走过来，不时停下，或眺望远方，或俯首摘茶。山坡湿润，轻风拂过，露珠从茶树上滚落在地。茶叶肉肉的，看起来比任何时候都绿。空气里弥漫着茶叶的清香。天还未放晴，太阳还躲在云层里。山上的雾气还未散去，不时飘起，把半坡茶树卷入怀中。

“余麦吃不惯，云久应该也吃不惯，改天再来挖吧。”潘叔叔走到跟前说道。

“让云久试试，他说他能行。”毛尖用戏谑的口吻说道。

“你之前吃过？”余麦问我。

“没有。”

“那试一试也好。我是彻底被它打败了的。人生路长，我无法接受这个味道。”

“不就是酸甜苦辣嘛，这个都接受不了，还谈什么人生。”我笑他。

“祝你尝试成功。”

“谢谢。”

在很多方面我已不如余麦，我想就是苦胆我也得吞下。不过是当地的一道野菜，人家能吃下，我应该也没有问题。我从小去过很多地方，还从未被当地的美食打败过。进入贵州的那天，我很快就接受了辣椒。不就是折耳根嘛，我信心满满。

这一天午饭，让人印象深刻。有3道菜是余麦的作品，分别是茶叶豆腐汤、茶叶炒肉丝和茶叶炒豆米；有4道菜是毛尖的贡献，分别是折耳根炒腊肉、凉拌折耳根、素酸汤

你有了好心，

坏心就没有了。

你有了进取心，

懒惰心就消失了，

你有了欢喜心，

忧伤心就不见了。

心造一切，

愿你宁静自在。

长夜漫漫，

总会有天亮的时候，

人生海海，

总会有出头之日。

我用我的名字呼喊你，

只为能照亮与温暖你，

走过漆黑与清冷，

迎来万丈光芒的黎明。

最好的人生莫过于：

有个人值得你视死如归，

有件事值得你奋不顾身。

明天很美好，

今晚也是。

有一个人在念着你的名字，

并声声祝福。

愿你烦恼尽消，

泪水全无，美梦如诗，

睡个好觉。

总有一盏灯会照亮你的夜晚，

总有一个人会打开你的心，

总有一段时光，

给你美好幸福。

我给你的，只有惆怅，

淡淡的，轻轻的，

像今晚的风。

没有白见的人，

没有白看的书，

没有徒劳之旅。

任何一次相遇重逢，

都是缘分，更是机遇，

虽不会让你马上发光，

但一定会让你在未来的某天，

变得更加出色。

生命终将化为虚无，

唯思想成为永恒。

即使是满园荒芜时，

也会有一朵花为你而开，

即使是漫天乌云时，

也会有一束光照亮你的心田。

我每天都假装过得很好，

因为不想让你担心。

我哪里也不想去，

只喜欢躺在床上睡觉，

因为只有在梦里，

我才是快乐的。

没有一个生命因为无用而存在，

没有一个人会无缘无故与你相逢，

世间万物皆有来头，

人世所有都是缘分。

总有一个人会站在你身旁，

那是知己。

总有一样东西会陪着你前行，

那是希望。

总有一次相逢会让你心潮澎湃，

那是爱情。

我们所走过的路，

无不是坎坎坷坷，

我们所看到的事，

无不是乱七八糟，

我们所经历的岁月，

无不是起起伏伏。

人这辈子，其实挺难的，

但再难，也要朝前走，

也只有朝前走。

船到桥头自然直，

柳暗花明又一村，

走着走着就好了。

人生来来往往，

世界欠欠还还。

有一人在城里平平安安，

只为与你共进一次晚餐，

有一户人家在山中与世隔绝，

只为等你小住一晚。

我来你在，你在我来，

不是前世之诺，

就是今生相约。

月亮与繁星，蓝天与碧海，

鲜花与春天，你与我。

这个世界，

没有一个人闲着，

每个人都有每个人的忙碌，

每个人都有每个人的处境，

有的人活成了人，

有的人活成了驴，

有的人活在梦境里。

谁不是将就地度过一生呢？

人世间没有完美的东西。

如果有，

那是镜中花，水中月。

如果有，

那是夜晚的昙花、白日的流星。

太阳在光芒万丈前，

经过的是没有一丝光亮的暗夜。

星河灿烂，手摘星辰，

一夜香睡好梦。

梦爱情纯洁，

一梦人生欢喜。

月亮不落，我在等你。

你就是那束光，

照亮我的全世界。

即使在一无所有的日子，

漆黑如墨的冬夜。

我希望有一所房子，

可以听见月亮漫步的声音。

我希望有 个你，

可以陪我走过千山万水。

我希望有一个夜晚，

只属于初次相逢。

见人见事，

见山见水，

见天见地，

不过是为了更好地

看见自己。

隐一山悄悄活着，

等一人慢慢变老，

一世太短，

只够等你一个人；

初逢太长，

永远伴随我一生。

和素虾糍粑。

潘叔叔因为出去邻寨吃酒，家里就我们3个人。在厨房弄菜，他们厨艺比拼，我则是烧火师傅。看到满桌子的菜肴，大家都很有成就感。尤其是毛尖面对那一盘素虾糍粑，满怀喜悦，笑得像一位获大奖的大厨一样开心。

“两位，这一道菜其实是两道菜。准确来说是素虾和糍粑，而不是素虾糍粑。为了装盘好看，我把它们放到了一个盘里，各占半壁江山。糍粑不说，想必你们肯定吃得出来。素虾，那可就难为你们了。谁能吃出素虾的原料，我奖励一双鞋垫。”

“一言为定。”余麦拿起了筷子。

“君子一言，驷马难追。”毛尖语气坚决。

“就是河虾呀，毛尖老师以为前面加一个素字，就可以蒙蔽住我的味觉了吗？”余麦显得很自信。

“哈哈，笑死我了。我先不公布答案。下一位选手云久登场。”

我拿起筷子，夹起素虾，放入口中。

“金针菇、鸡蛋和面粉。”我话音一落，毛尖把眼睛睁到最大，眼珠子差点滚落出来。

“高人啊，想不到我们这里真的藏有一个美食高人啊。”

"真不是河虾？"余麦大惊失色。

"云久说得对，我是用金针菇裹了鸡蛋面粉，放入油锅中炸的。"

"不是河虾，怎么满嘴都是河虾的味道？"余麦疑惑不解。

"素食也能做出这个荤菜的味道啊。"

"这个真是绝了，真的很好吃。"余麦又夹了一筷放入口中。

"你要喜欢吃，我天天给你做。"毛尖满怀深情对余麦说道。

"你是怎么吃出来的？"毛尖扭头问我。

"跟着自己的感觉走。"

"奇才。"

"这个味道确实可以以假乱真，你是自己摸索出来的吗？"余麦问毛尖。

"不是。前年清欢寨来了一位和尚，他教我的。那天我带着孩子们去小溪边捞河虾，我们捞了半鱼篓，回家的路上碰到他，他要我们把河虾放了，他做虾给我们吃。没有虾了，又怎么做虾？我和孩子们很好奇。最后他教会我做这道菜。"毛尖心怀感激道。

"这位和尚真厉害。我记得有一本书上说过，嘴馋身体会发出信号，想吃肉，是氨基酸不足，可以用蘑菇代替。佩服这位和尚，学以致用。我却只会纸上谈兵，动手能力不行。”

“你不用会做，有我就行了。”说这话时，毛尖的声音压得很低，头也低了下去。

我不是什么奇才。不是我尝出来的，是毛尖在做菜时，我偷看到了全过程。但为了让毛尖对我刮目相看，我撒了谎。

不过，后来在折耳根这个美食的冒险上，我还是失败了。没有能把折耳根吞进肚子里。与其说折耳根是一道美食，不如说它是一味中药，它已把酸苦辣甜排除在九霄云外，全身上下只有浓烈的中药味。我从小最怕的事情就是喝中药。这确实难倒我了。

他们俩看到我愁苦的狼狈相，笑得前仰后合。“吃不了折耳根，试试我的处女作吧，其实在今天之前我也没有用茶叶做过菜。”余麦说道。

“真不错，你尝尝。”毛尖对我说道。

“嗯，确实不错，苦中带甜。”

不知为何，我一下子觉得我们三人好似失散多年的三兄妹，一起做菜吃饭，这是多么美好的时光。可是，当毛尖总是给余麦夹菜，我心里又感到酸酸的。不管怎样，今天我让毛尖重新认识了我，毕竟我“吃”出了余麦没有吃出来的“素虾”食材。

"想不想学怎么炒制茶叶？我们的美食大师。"吃完午饭，在收拾碗筷时，毛尖突然问我。

"想啊。"我脱口而出。我很喜欢她这样称呼我，虽然这个称呼不是那么名正言顺，但总比一无是处好。或许是得到了她的赞赏，对于新事物，我兴致高涨。

锅底逐渐红起来，一簸箕茶叶倒进锅里，噼里啪啦乱爆。本来有炒叉子的，但毛尖不用，直接伸手下去，捧起放下，反复翻炒。茶叶在锅里就像放鞭炮，水蒸气直往上冒。她只穿一件贴身的水绿衫，粉汗淫淫，额头上的头发已被汗贴住，身上散发出一股诱人的味道。我站在她身旁，既紧张又兴奋。

"把火放到最大。"毛尖对余麦说道。

毛尖双手捧起茶叶，不停翻炒。茶叶逐渐变软，有香气溢出。

"杀青结束，降火。"

随着余麦把一个铁块伸进灶孔，先前泛红的锅底渐渐暗淡。毛尖不停翻炒的动作，也继而变成了反复搓动，捻揉不停。

"都匀毛尖手工茶炒制，杀青后的要诀是'一锅到底'。火候的拿捏变得举足轻重，一锅茶的成功与否，主要看烧火的人和炒茶的人配合是否默契。"毛尖手不停，嘴也不停。

余麦坐在灶孔前，火光把他的脸照得通红。他表情淡定。

"进入不同的炒制程序，需要往里面放不同的木柴。现在余麦放入的是青冈木，青冈木燃烧缓慢，但热力持久。揉捻这一步时间长达 20 分钟，保持锅底温度在 75℃，青冈木最适合。"毛尖说完，移步让我试一试揉捻这个环节。

我伸手进入锅中，还没有拿起茶叶，烫得我差点叫出声来。

"这个不算啥，刚才在杀青阶段，温度达到 160℃，那才烫呢。我爸爸满手是黑色印迹，全是几十年炒茶被烫后留下来的。"毛尖一边说，一边再次把手伸入锅中，示范给我看。我对她钦佩之余，也心生爱怜，特别担心她细嫩的双手生出黑色的印迹来。

余麦身后堆有两种木柴，他从中夹出大块的青冈木。青冈木块燃烧缓慢，但热力持久。时间一分钟一分钟过去，大约 20 分钟左右，只听毛尖叫道：

"余麦哥，快换杉木块嘛，现在需要迅速提温。"

话语刚落，余麦很快把铁片取出，把堆在身后的杉木块丢进灶孔。他动作流畅。

"有茶毛毛是都匀毛尖的标志，毛毛的产生是在提毫环节。锅温不到一分钟要升到 100℃到 120℃之间。杉木块燃烧迅速提温快。这个全凭手背手掌感受。这个环节差不多需要 20 分钟左右。"毛尖很认真地对我说道。随后高声叫余麦：

“余麦哥，余麦哥，快过来，额头，额头。”余麦起身过来，掏出手帕帮她擦拭快掉下来的汗水。我站在一旁觉得很尴尬，我离她这么近，她为什么不叫我帮她擦呢？我把手伸进裤兜，把手帕捏得紧紧的，暗暗给自己打气，看到毛尖流汗，我一定要大胆地走上前去，主动帮她擦拭。

余麦回到烧火的位置。毛尖让我学她，伸手进入锅中。茶叶握在掌中合掌旋搓，搓成茶团，抖散炒，如此反复。我笨手笨脚，她看不下去，伸手过来，握住我的手，手把手地教我。我心跳加速。

茶叶有7成干了。毛尖改用双手捧茶，压搓茶条，边搓边炒，搓炒结合。搓至白毫竖起，茶叶约8成至9成干时，她对余麦说：

“余麦哥，降温了，不要再放杉木啦。”她一边说一边将茶叶摊薄在锅中，直至炒干。

屋里的气味渐渐被干茶的清香取代。

“最后一个环节是风干。茶叶需要在锅里焙6分钟左右。”毛尖再次让我伸手进入锅中。

“我记得春天来时，你和我说过你是从8岁起，就站在锅边看你爸爸炒茶。”余麦抬头对毛尖说道。

“是呢，只是看得多，做得少。我爸爸一直怕伤到我的手，总是让我干得很少很少。他还说手是女孩子的第二面孔，要好好保护。”

“潘叔叔是天下最好的爸爸。”我轻声道。

“那当然。”毛尖一副很自豪的表情。

“余麦，余麦，你出来嘛，我带你去他们家看下茶。”余麦听到潘叔叔在门口叫他后，他与毛尖和我打了一个招呼，起身快步走出门去。

“贵州人讲不得，讲到曹操曹操到，刚才讲到我爸爸，你看我爸爸把余麦叫走了。余麦要买茶叶，村友约他去看茶。云久，麻烦你帮我把灶孔里的铁板退出来。”

“好的。”

我来到灶孔边，把火钳伸进灶孔，夹住铁板，拿出灶孔。铁板突然从半空掉下来，打了几个滚，落到我的脚背上。我赶忙甩开。不过因为穿的是拖鞋，脚还是被烫伤了，灼痛难忍。

“云久，没事吧，哎呀，应该伤着了，稍等一下，我去拿药。”毛尖慌忙朝房间跑去。

毛尖很快拿来药，蹲下来，给我涂药。

“还好，被烫的面积不算大，也不算严重。不会起疱。”

“很抱歉。这点小事我都干不好。”

“没事。你是城里人，农村的事接触少，很多东西做起来很生疏，这很正常的。”

她给我擦药，不时抬头问我：

“疼吗？”

“不疼。”我盯着她看，痴痴地看着。汗水从她的额头上滴下来，我伸手进裤兜拿手帕。

“你很美，如果能有像你这样的姑娘做女朋友，这一生无憾了。”我把手帕捏得紧紧的，但始终没有勇气掏出来，说这话时，心怦怦跳，声音压得很低。

“你对我不可以胡思乱想哈，我已有心上人了的。”她口气坚决，又略带神秘感。

“他他他是谁嘛？”我吞吞吐吐。

“明知故问。”她含羞带笑。

“是不是还未收完的麦子？”

“嘿，瞧你，啥都知道啊。”她抬起袖口擦拭额头上的汗。

“你觉得他怎么样？”

“他，人长得好，不知道心怎么样。”我心里酸酸的。

“当然好啦。春天，3月底吧，他和他爸爸来收茶叶。我们一见如故，很谈得来。我约他暑假过来，他答应了。这不，一诺千金，他真的如约而至。”

“才第二次见面，你都觉得他人很好了啊？”

“那不是吗？难道你不觉得？”

“不那么认为，我觉得你还是再看看，起码多比较嘛。”

“我到现在还看不到他有什么缺点。人长得帅，很善良，勤快、好学，会的东西又特别多。这世上再找不到这么好的人了。”她的声音里有一种满满当当的幸福感。

我特别想把余麦只当她是自己家小妹的话告诉她，但始终开不了口。脚背一阵辣痛，继而叫出声来：

“哎哟，好辣，好疼。”

“怎么了？没事吧。”

“真的好疼呢。”

“没事啦，到明天就好了。”

“真的吗？”

“不会骗你。你是男生好得更快，男生比女生坚强嘛。”

她一边说，一边朝外走。要是受伤的是余麦，她会怎样呢，也会这样对他说吗？我想应该不是的，她应该会坐下来，寸步不离，关怀备至。想到这，我心里又一阵难受。

她把药放好后，又走进厨房来，问我：

“还在疼吗？”

“好多了的。谢谢你。”

“不客气，你放心吧，明天一早就好了的。到外面坐吧，余麦和我爹应该快回来了。”

毛尖说到余麦，语气比其他词重，而且尾音拖得很长。不知为何，我突然觉得好悲凉，她的心无疑只属于余麦。可是余麦的心呢？我觉得余麦是一个深不见底的海，我读不懂他。我没有听见他在梦中叫过毛尖的名字。倒是有两个晚上，我听见他叫“云久”。“云久”是和我同名同姓的女孩吗？是他心中的恋人吗？我不懂，唯有一点我明白，那就是在余麦心里，他只是把毛尖当着自己的小妹，而不是恋人。或许他不爱她，从未爱过。

那余麦爱谁呢？这是一个谜。

千古之谜。

6月30日　晴　归兰山

如果时光可以重来，我愿这一天从未有过。

天蓝云白。山上草深没膝，野花漫山遍野。毛尖引吭高歌，歌声回荡山谷。

风筝，风筝，那个要命的风筝。都怪我。

爬到半山。远处山峰林立。悬崖峭壁，整个山体好似被刀削过。继续前行，走进山谷，草地空旷，坡缓草密。群山之心，草地中央，有一座小山，山身修长，有如定海神针，巍然屹立。小山脚下，有一棵树，呈伞状，树叶稀疏，树下有一块石头，椭圆形，上面平整如桌。

"没有比这更适合布置茶席的地方了。"余麦叫道。兴奋无比。

"余麦哥，今天的茶席我来布置。"

"那太好了，你先想好一个主题。"

"木叶情歌。"

"这个好抽象。"

"一点都不，我还要唱歌。"

"好期待。"

毛尖动起手来，那可叫快。她先用木叶、野草、野花铺在石桌上，形成了一块布置在上面的"花布"，再用树枝、野草和野花编织了一个心形花环，放在中央，最后是把茶具按照"布"上的各种图案摆放其中。

"哇，青出于蓝，而胜于蓝。"余麦向毛尖竖起了大拇指。

"谢谢余麦哥夸奖。余麦哥能看出主题了吗？"

"真看不懂。"

我想毛尖想表达的是对余麦的一往情深。余麦永远挂着一成不变的笑容，偶尔会发现有一点点的情绪波动，但他控制得很好，根本不知道他在想什么。他其实比谁都清楚，但他假装什么都不知道。

开始喝茶聊天，东拉西扯，话题跳跃。

毛尖无疑是最开心的。余麦虽然没有正面回答他，但在她心里，余麦这次赴约，已经代表了一切。她以为他的心里是有她的。我一想到余麦前天对我说的话，内心无比难受。

我不想看到毛尖被余麦拒绝后，泪流满面的样子，我喜欢看到她笑。真的。如果她哭了，我无法想象我会变成什么样子，这是多么残酷的事情。

我宁愿这一切都悬在空中，像这里常有的天气，永远朦朦胧胧，永远不明不白。这样总比残酷好，起码让人永远有一丝念想，美好的念想。不至于一败涂地，不至于山崩地裂，不至于梦碎山河。

整个场面还是欢快的。笑声回响，风吹草荡，野花飘香，四野茫茫。太阳不冷不热，我们在一棵大树下，这是多么美好的下午。

毛尖最后唱今天茶席的主题歌——《木叶情歌》：

我们一起去放牛，踏过溪水中央的石头，涟漪尚未消退。

我们一起去放牛，并坐山间翠绿的芳草，绿地还有印迹。

我们一起放牛，你侬我侬牵汝手，手心还留温暖。

如今独自去放牛，往日山径不见郎来走。

只留相思在心头。

声音清脆嘹亮。毛尖含情脉脉，不时看着余麦。歌声落下，满脸绯红。余麦用箫笛回应她。笛声间歇，毛尖给余麦加茶，只听她轻声说道：

“好希望我们一直停留在此刻。无论时间哪个走，世界哪个变，我们都不变，直至永远。”

“那不都成雕塑了。”我忍不住笑道。

“嘿，云久，你只会添乱，去去去，一边去。”毛尖满脸通红，声音含羞。

我没有走开，厚着脸皮继续坐在那。清风轻轻拂起了毛尖的长发，她的脸红扑扑的，像打了胭脂一般。她痴痴地看着余麦。太阳光从稀疏的树叶间洒落下来，停留在她的脸上，眉宇间万千温柔，光影浮动，让人浮想联翩。我痴痴地看着她。如果她是这样看着我，我真希望时间停止，永恒定格在这个午后。无论沧海桑田，毛尖姑娘，相随相伴。

我不知道余麦怎么想。但我作为旁观者可以看得出来，在与毛尖互动时，余麦的眼神里没有深情，他的眼神躲躲闪闪，莫衷一是。毛尖则与此相反，她双眼含情，桃花般轻盈的眼神从未离开过余麦。

箫笛吹得很好，多才多艺的余麦。这是多么美好的下午啊。可是余麦，你的心里到底在想什么呢？哎，有些东西，我至死也不会明白，有些人，我穷尽一辈子也不可能读懂。

毛尖抿了一口茶。轻声说道：

"如果此时此刻，能有一个风筝那该多好，我们可以放风筝。"

"这山上好像有一只，挂在一棵树上。我记得。"

"云久，你真幽默，怎么可能？"

"我说的是真的，那天我们爬山时，在路上遇到的。你们等着。"

我说完话，起身朝山的南面跑去。远处的一棵树让我想起了那日看见风筝的情形，我突然坚信，我能找到那只挂在树上的风筝。

我离他们越来越远，漫山遍野地找寻，希望能与那只擦肩而过的风筝再次重逢。或许是爱能够让奇迹发生，汗水打湿我的衣裳时，我找到了那只风筝。它挂在一棵树枝上，已经破损。我爬上树，很小心地把它拿下来，修补一番。

最后在周围找到了几根树藤，代替断了的线。

我拿着风筝冲下山去。来到他们身边，他们睁大了眼睛。尤其是毛尖那双会说话的双眼，透出无限感动的神情。毛尖笑了，笑容灿烂如浪花。她站起身来，接过我手上的风筝朝山上跑去。她的头发迎风飘起，风筝也渐渐飞上天空。我和余麦跟在她身后。我们在山上跑啊跑啊。我们好像回到了无忧无虑的童年。

风筝飞啊，飞啊。我们一路追随。不知不觉我们已经来到山顶。

树藤突然断了。风筝滑落，坠向山崖。我朝山顶跑去，把他们甩在身后，我看到风筝挂在悬崖的一根树丫上。爱能让一个人忘乎所以，悬崖峭壁，我一点都不觉得危险，没有等他们上来，我就顺着悬崖往上爬。

“云久，你要注意安全，不要了，回来吧，太危险了。”我听见余麦的声音，声嘶力竭。

“云久，快返回来，风筝我不要了。”毛尖的声音划过耳畔。

“没事，你们等一会儿，我能取回风筝。”我坚信我是一个勇敢无畏的人，我能取回风筝。

余麦尾随而至，危险一步步降临。风筝是取到了，但滑落，可怕的滑落。如果可以重新选择，我不会去取风筝，如果

可以重来，我不应该让余麦在我身后。但一切不是梦，不给我重来的机会。真真切切，悲悲惨惨戚戚，为了我，余麦，余麦，

翻开下一页，纸张因为被水浸泡过，字迹模糊不清，加上曾经经过缝缝补补、粘粘贴贴，已经残破不堪，再拼不出一个字来。日记就此戛然而止，我试图再从后页中找出些字来读，但因为时间太久，后面的墨迹已经淡化不清，未能如愿。

冬日的阳光不知道什么时候，冲破灰暗的云层，从树叶间洒落下来。湖水波光粼粼。四周静默如谜。没有鸟叫，也没有虫鸣，没有人影。不远处，一艘木船，停泊岸边，百年孤独。

我站起身来，把笔记本浸入湖中。笔记本渐渐被水淹没，直至消失不见。湖水平静如画。

我给枫香微信，告诉她，我的事情办好了，即将回城后返程。枫香很快回信息。

枫香：祝贺你光荣完成任务。晚上好好庆祝庆祝。

我：庆祝可以，今晚必须由我请客，把你的朋友们约上。

枫香：买单请客，请客买单，你客我主，不言而喻。

我：我说不过你啊。

枫香：对了，根据你的高见，我争取到一位作家来书店举

办读者见面会，你说巧不巧，他写的书名字就叫《都匀清欢》。他说他去过清欢寨，就是你这几天一直在找的那个寨子。

- 我：是吗？作家什么时候来？
- 枫香：下周。我已经给他说了你，你一定要来参加。
- 我：我计划是后天返程呢。不过，我乐意为这个改变行程，想多待一段时间，深度感受都匀淡淡的欢愉。
- 枫香：微笑表情。那就对了，时光缓缓，凡事不要那么着急，慢慢看，慢慢走，慢慢过，愿你喜欢都匀，并在都匀长留久驻。书店的三楼有三间民宿，这两天订房的人有事退订，你刚好可以来感受下。
- 我：在书店里睡一晚，会是什么样的体验，我倒是很好奇。你说，我会不会是因为一个人，恋上一座城。
- 枫香：一切都是最好的安排，不刻意，顺其自然，自然而然。
- 我：感恩遇见。

我转身离开清水湖，返程。车经过归兰山下时，小溪旁，草地上，一女子席地而坐，正在喝茶。一男子带着两个孩子在不远处放风筝，他们的风筝飞起来了。

笑声回荡在这片山谷。